FOLIO
JUNIOR

Herman Melville

Moby-Dick

ou

le Cachalot

Traduit de l'anglais (États-Unis)
par Philippe Jaworski

Texte abrégé
par Patricia Arrou-Vignod

Notes et carnet de lecture
par Marie-Ange Spire

GALLIMARD JEUNESSE

Collection dirigée par Jean-Philippe Arrou-Vignod

Certaines grandes œuvres littéraires, par leur longueur et leur densité, peuvent décourager un jeune lecteur.
Notre collection en propose des versions abrégées, faites de coupes invisibles, sans réécriture ni résumés, qui restent ainsi fidèles à l'esprit du texte original et à la langue de l'auteur.

Pour en savoir plus :
www.cercle-enseignement.fr

Titre original : *Moby-Dick, or the White Whale*

1

Mirages

Appelez-moi Ismaël. Il y a quelques années de cela, comme j'avais la bourse vide, et que rien d'intéressant ne me retenait à terre, l'idée me vint de naviguer un peu et de revoir le monde marin. C'est ma façon à moi de chasser la morosité.

Cependant, quand je dis prendre la mer, je ne voudrais pas que l'on en conclue que je m'embarque comme passager. Pour se payer un passage, il faut avoir une bourse. Et puis, les passagers souffrent du mal de mer et de manière générale… ne s'amusent guère.

Quand je prends la mer, c'est avec le grade de simple matelot du gaillard d'avant, à l'aplomb du poste d'équipage, perché au sommet du mât de cacatois[1]. La transition est rude, je vous le garantis, de l'état d'instituteur à celui de matelot, mais j'ai la satisfaction de savoir que cela est bien.

Enfin, je m'engage toujours comme matelot en raison

1. Gaillard d'avant, cacatois : le gaillard d'avant est le pont surélevé à l'avant du voilier; le cacatois est la petite voile carrée au-dessus de la plus haute voile d'un voilier de plus de deux voiles par mât.

des saines activités physiques et de l'air pur du gaillard d'avant. Mais pourquoi donc décidai-je cette fois-là de partir pour une campagne de pêche de la baleine ?

Le premier de ces mobiles était l'idée irrésistible de la formidable baleine elle-même. Ce monstre inquiétant et mystérieux excitait toute ma curiosité. Et puis, les mers sauvages, à l'autre bout du monde, où il roulait son corps vaste comme une île, les périls innommables de la chasse, tout cela s'ajoutant aux mille merveilles patagoniennes[1] qui n'allaient pas manquer de s'offrir à mes yeux et à mes oreilles, me conforta définitivement dans mon envie.

J'ai, des choses lointaines, une inguérissable démangeaison. J'aime sillonner les mers interdites et aborder aux rivages barbares.

Pour toutes ces raisons, la campagne de pêche était donc la bienvenue.

Je fourrai une ou deux chemises dans mon vieux sac de toile, et, mon bagage sous le bras, pris la route du cap Horn[2] et du Pacifique. J'arrivai à New Bedford[3], un samedi soir en décembre. Grande fut ma déception lorsque j'appris que le petit paquebot de Nantucket était déjà parti et qu'il ne se présenterait pas d'autre moyen de gagner l'île avant le lundi suivant.

J'étais fermement décidé à ne m'engager que sur

1. Patagoniennes : de Patagonie, région située à l'extrême sud de l'Amérique latine.
2. Cap Horn : situé à la pointe de l'Amérique du Sud.
3. New Bedford : ville du Massachusetts, à l'époque l'un des plus importants ports de pêche à la baleine.

un navire de Nantucket, car il y avait dans tout ce qui touche à cette île célèbre et ancienne une sorte de beauté turbulente qui m'enchantait. En outre, c'est bien à Nantucket que fut halée[1] jusqu'à la côte la première baleine tuée par des Américains.

Comme j'avais devant moi une nuit, un jour et une autre nuit à passer à New Bedford avant de m'embarquer pour mon port de destination, il me fallut bien me soucier de trouver un endroit où manger et dormir.

La nuit tombante était sombre et lugubre, d'une tristesse accablante et d'un froid cinglant. Je ne connaissais personne en ville. Je raclai anxieusement le fond de mes poches, dont je ne ramenai que quelques pièces d'argent.

Quelles rues sinistres ! C'étaient, à droite et à gauche, non point des maisons, mais des blocs de nuit avec ici et là une chandelle, comme une flamme qui vacille dans un tombeau. À cette heure du soir du dernier jour de la semaine, ce quartier de la ville était presque désert.

Je parvins enfin à un pâle halo de lumière en surplomb, non loin des docks[2]. Un lugubre grincement dans l'air me fit lever les yeux : une enseigne se balançait au-dessus de la porte, agrémentée d'un dessin à la peinture blanche qui représentait vaguement un long souffle vertical couronné d'un panache d'écume, et sous lequel on lisait ces mots : *Au souffle de la baleine*.

1. Halée : remorquée, tirée par un cordage.
2. Dock : entrepôt.

2

Au souffle de la baleine

En pénétrant dans cette auberge à pignons[1], on se trouvait dans une large entrée au plafond bas. Sur un mur était accrochée une très grande peinture à l'huile complètement barbouillée de fumée.

Au centre du tableau, une masse noire, longue, souple, monstrueuse, au-dessus de trois lignes verticales d'un bleu pâle comme suspendues dans une écume indéfinissable. Tout cela était boueux, pâteux, visqueux, pourtant, il se dégageait de la toile une sorte de sublimité indéfinie, une grandeur à peine imaginable qui vous figeait presque sur place…

En fait, le tableau montre un caphornier[2] pris dans un terrible ouragan ; le navire à demi submergé sombre dans le tumulte des flots, ne laissant voir que ses trois mâts brisés ; et une baleine au comble de la fureur, décidée à bondir sur le navire, s'empale[3] à cet instant sur les têtes des trois mâts.

1. Pignon : partie supérieure, en forme de triangle, du mur d'un bâtiment.
2. Caphornier : navire capable de passer le cap Horn.
3. S'empale : s'embroche.

Une fois franchie cette entrée ténébreuse, on pénétrait dans la grand-salle. L'obscurité, ici, est encore plus grande, avec ces grosses poutres basses et ce vieux plancher ridé. D'un côté, sur une table longue et basse pareille à une étagère, de petites vitrines aux parois fendillées abritent des curiosités poussiéreuses, venues des endroits les plus reculés de la planète. Dans l'angle s'avance le comptoir, grossière imitation d'une tête de baleine franche. Il y a là l'immense voûte osseuse d'une mâchoire de baleine, et dans cette gueule s'affaire un petit homme ratatiné qui procure affectueusement aux marins, contre espèces sonnantes[1], les délires de l'alcool et la mort.

Quand j'entrai dans la salle, un groupe de jeunes marins assemblés autour d'une table examinaient, sous une pâle lumière, divers spécimens d'objets façonnés dans l'ivoire de baleine. J'allai trouver le patron et lui dis que je désirais une chambre. Il répondit que tout était plein… plus un seul lit.

– Mais tu verrais pas d'inconvénient à partager la couverture d'un harponneur[2] ? Tu vas bien pêcher la baleine, non ? Alors, autant t'habituer tout de suite à ce genre de choses…

Je lui dis que je n'aimais vraiment pas dormir à deux dans un lit, que si je devais envisager de le partager, cela dépendrait de la sorte de harponneur que c'était, et que s'il n'avait absolument pas d'autre place pour

1. Espèce sonnante : pièce de monnaie.
2. Harponneur : matelot qui pique la baleine avec un harpon.

moi, eh bien… plutôt que d'errer dans une ville inconnue par une nuit si affreuse, je m'accommoderais de la demi-courtepointe[1] d'un honnête homme.

– J'en étais sûr. C'est bien. Assieds-toi. Tu veux souper ? Ce sera vite prêt.

Enfin, quatre ou cinq d'entre nous furent invités à passer dans une pièce attenante pour y prendre notre repas. Il y faisait un froid polaire. Pas le moindre feu. L'aubergiste expliqua qu'il n'avait pas les moyens…

Mais le repas fut des plus abondants : non seulement de la viande et des pommes de terre, mais aussi des boulettes bouillies. Un jeune gars vêtu d'une redingote verte s'était lancé dans une explication terrifiante avec son plat.

– Patron, murmurai-je, le harponneur… c'est lui ?

– Oh non ! dit-il, avec une sorte de sourire méphistophélique[2], le harponneur, lui, il a la peau… *très basanée*, dirai-je. Et il mange point de boulettes, ah ça… non… Rien que des biftecks, et il les aime saignants.

– Diable ! fis-je. Est-ce qu'il est ici ?

– Il va pas tarder

Plus je songeais à ce harponneur, plus me répugnait l'idée de dormir avec lui. On pouvait raisonnablement supposer que, étant un harponneur, son linge ne serait pas des plus propres. J'en avais des frissons. Et puis, il se faisait tard ; un honnête harponneur aurait dû être rentré et prêt à se mettre au lit. Les autres clients ne

1. Demi-courtepointe : moitié d'une couverture.
2. Méphistophélique : diabolique.

cessaient d'arriver, seuls, par deux, par trois, et allaient se coucher.

– Patron ! m'écriai-je, quel genre d'individu est-ce donc ? Rentre-t-il toujours aussi tard ?

L'aubergiste eut un autre petit rire étouffé ; il paraissait s'amuser beaucoup d'une idée qui m'échappait totalement.

– Non, d'habitude il se couche tôt... il se couche et se lève avec les poules... Premier levé, comme dit le proverbe, l'oiseau attrape le vermisseau... Seulement, ce soir, il s'en est allé faire du colportage[1], et j'sais point ce qui peut le retenir si longtemps... C'est peut-être qu'il a pas pu vendre sa tête.

– *Pas pu vendre sa tête ?* Quelles sortes de billevesées[2] me racontez-vous là ? (Je sentais une noire colère me gagner.) Voulez-vous vraiment me faire croire, monsieur l'aubergiste, que ce harponneur passe cette nuit de samedi... ou plutôt ce dimanche matin à colporter sa tête par la ville ?

– Allons, calmez-vous ! s'exclama le patron en poussant un long soupir. Ce harponneur dont je vous parle vient de débarquer des mers du Sud où il a acheté un lot de têtes embaumées[3] de Nouvelle-Zélande et il les a toutes vendues sauf une. Mais allons, il est tard, bien tard. Vous feriez mieux de jeter l'ancre. Le lit est bigrement vaste, assez pour pouvoir gigoter à deux.

Ce disant, il alluma une chandelle et me la tendit en

1. Colportage : porte-à-porte.
2. Billevesée : bêtise.
3. Embaumées : conservées pour être exposées.

se proposant de me montrer le chemin. Mais je demeurais hésitant. C'est alors que son regard rencontra une pendule dans un coin.

– Eh bien…, s'écria-t-il, mais c'est dimanche ! Vous ne verrez pas ce harponneur cette nuit. Il a mouillé son ancre quelque part. Venez… mais venez donc ! Vous ne voulez pas vous décider, enfin ?

Il m'introduisit dans une chambre petite, froide et meublée, en effet, d'un lit immense.

– Là… mettez-vous à l'aise, maintenant, et bonne nuit !

Comme il se faisait tard, j'envoyai voler bottes et pantalons et me plongeai dans le lit en me recommandant aux bons soins de la Providence. Je glissai dans un demi-sommeil, et faisais voile à bonne allure vers le pays des songes lorsque j'entendis un pas pesant dans le couloir et vis une lueur s'infiltrer sous la porte.

Dieu me garde, pensai-je, ce doit être le harponneur, l'infernal colporteur de têtes. Mais je demeurai parfaitement immobile, résolu à ne pas souffler mot tant qu'on ne m'aurait pas adressé la parole. Tenant une chandelle dans une main, et dans l'autre la fameuse tête de Nouvelle-Zélande, l'homme pénétra dans la chambre et, sans un regard vers le lit, posa sa bougie à terre, dans un coin, à bonne distance de moi. Puis il entreprit de s'intéresser aux nœuds d'un grand sac.

Je brûlais d'impatience de voir son visage, mais il le tint détourné tout le temps qu'il s'occupa à dénouer les cordons de son sac. Cela fait, il se retourna et… Seigneur !… Quel visage !… Pour ce qui est de la couleur, il était sombre, violacé, jaune, avec ici et là de grands carrés noirâtres. Je me souvins de l'histoire d'un pêcheur de baleines, qui, ayant échoué chez les cannibales, avait été tatoué par eux. J'en conclus que pareille aventure avait dû lui survenir au cours de ses lointains voyages. Mais un homme peut être honnête dans n'importe quelle espèce de peau.

Il tira bientôt de son sac une sorte de tomahawk[1] et une sacoche en peau de phoque couverte de son poil. Après avoir placé le tout sur le vieux coffre au centre de la pièce, il enfonça la tête de Nouvelle-Zélande dans son sac. Après quoi, il ôta son couvre-chef, et il n'avait pas un seul cheveu sur la tête, à l'exception d'une petite touffe de scalp[2] nouée en boucle sur son front. Cette tête chauve, violacée, avait maintenant toutes les apparences d'un crâne en décomposition.

L'ignorance est mère de la peur, et, totalement dérouté et déconcerté, je dois avouer que ma terreur n'eût pas été moindre si le diable lui-même avait fait irruption dans ma chambre en pleine nuit.

Cependant, il continuait à se déshabiller, et il exposa enfin sa poitrine et ses bras. Ces parties de son corps étaient couvertes du même damier que son visage, et les mêmes carrés sombres se voyaient également sur son dos. Bien plus, ses jambes aussi portaient une impression, comme le dessin d'un bataillon de grenouilles vert sombre escaladant les troncs de deux jeunes palmiers.

1. Tomahawk : hache à manche droit.
2. Scalp : cuir chevelu arraché avec sa chevelure.

Il était maintenant très évident qu'il devait s'agir d'un abominable sauvage embarqué sur un baleinier dans les mers du Sud et qui avait échoué de la sorte en terre chrétienne. Cette seule idée me faisait trembler.

Mais le sauvage avait entrepris de se livrer à quelque chose qui subjugua mon regard et me convainquit qu'il était bel et bien un païen[1]. Il fouilla les poches de son lourd caban[2] et finit par en sortir une étrange petite figurine difforme, bossue, qui avait exactement la couleur d'un bébé congolais de trois jours. Mais, remarquant qu'il luisait tout à fait comme de l'ébène poli, j'en conclus que ce n'était rien d'autre qu'une idole[3] de bois.

Mon sauvage installe sa statuette bossue entre les chenets[4]. Il extrait d'abord de la poche de son caban une double poignée de copeaux, qu'il dispose avec soin devant l'idole ; puis il met dessus un morceau de biscuit de mer et, approchant de ce tas la flamme de sa chandelle, en fait jaillir un brasier sacrificiel[5]. Après avoir plusieurs fois plongé vivement les doigts dans le feu, et les en avoir retirés non moins vivement, il parvient enfin à saisir le biscuit ; et, soufflant légèrement dessus pour le refroidir et le débarrasser des cendres, il en fait l'offrande respectueuse au petit nègre.

Ces étranges momeries[6] s'accompagnent de bruits

1. Païen : personne sans religion, qui adore des « faux dieux » (péjoratif).
2. Caban : manteau.
3. Idole : représentation d'une divinité.
4. Chenet : support de métal placé dans une cheminée pour y poser les bûches.
5. Sacrificiel : propre au sacrifice.
6. Momerie : manière, mascarade.

gutturaux[1] de l'adorateur, qui semble chantonner des prières ou psalmodier[2] quelque air barbare en faisant des grimaces rien moins que naturelles. Enfin, ayant éteint le feu, il attrape l'idole sans cérémonie et la remet dans la poche.

Prenant son tomahawk sur la table, il en examina brièvement le fourneau et, l'approchant de la lumière, porta le tuyau à la bouche et se mit à exhaler de gros nuages de fumée. Aussitôt après, la lumière était éteinte et, le tomahawk entre les dents, l'affreux cannibale plongeait dans le lit à mes côtés. Cette fois, je ne pus retenir un cri ; lui, avec un grognement de surprise, commença à me palper.

Je roulai loin de lui contre le mur et le suppliai de rester calme et de me laisser sortir du lit pour rallumer la lampe. Mais à ses réponses gutturales, je devinai aussitôt qu'il ne comprenait pas vraiment ce que je lui demandais.

– Qui toi être ? demanda-t-il enfin.

Ce disant, il brandit devant moi, dans le noir, le tomahawk allumé.

– Aubergiste ! hurlai-je. Patron ! Au secours !

– Toi parler ! Toi dire qui être… ou par mille diables, moi te tuer ! grogna encore le cannibale, en agitant son tomahawk avec d'épouvantables mouvements, et en faisant voler alentour les cendres brûlantes au risque de mettre le feu à ma chemise.

1. Gutturaux : rauques.
2. Psalmodier : réciter.

Grâce au Ciel, l'aubergiste entra à cet instant dans la chambre, une lampe à la main. Sautant du lit, je courus à lui.

– Allons, n'ayez pas peur, dit-il en arborant à nouveau son large sourire. Quiqueg ne toucherait pas à un seul de vos cheveux.

– Cessez de sourire ainsi ! criai-je. Pourquoi ne m'avez-vous pas dit que cet infernal harponneur était un cannibale ?

– J'ai cru que vous aviez compris… Ne vous avais-je pas dit qu'il vendait des têtes en ville ? Quiqueg, écoute-moi. Cet homme dormir avec toi… Toi comprendre ?

– Moi comprendre beaucoup, grommela Quiqueg assis sur le lit, en tirant sur sa pipe. Toi entrer dedans, ajouta-t-il, en dirigeant vers moi son tomahawk et en rejetant les couvertures de côté.

Il mit dans ce geste non seulement de la courtoisie, mais aussi une authentique bonté. En dépit de ses tatouages, c'était, somme toute, un cannibale propre et avenant[1]. Pourquoi donc ai-je fait tant d'histoires, me dis-je, cet homme est un être humain comme moi ; il a autant de raisons de me craindre que moi d'avoir peur de lui.

– Bonne nuit, patron, dis-je, vous pouvez nous laisser.

Je me glissai sous la couverture – et de ma vie, je n'ai jamais si bien dormi que cette nuit-là.

1. Avenant : aimable.

3

La courtepointe

En m'éveillant au point du jour, le lendemain, je découvris le bras de Quiqueg posé sur moi, qui m'enlaçait de la plus tendre manière. J'entrepris alors de le réveiller :

– Quiqueg ! Pour l'amour du Ciel, Quiqueg, réveillez-vous !

Finalement, il retira son bras, se secoua vigoureusement comme un terre-neuve[1] qui sort de l'eau, s'assit dans le lit, et me regarda en se frottant les yeux comme s'il ne se souvenait pas très bien de la manière dont j'étais arrivé là. Pendant ce temps, de mon côté, je l'observais tranquillement, désormais débarrassé de toute appréhension.

Quand il sauta à terre, au moyen de certains signes et bruits, il me donna à entendre que, si cela me convenait, il s'habillerait le premier et m'abandonnerait la chambre afin que je pusse me vêtir à mon tour. Voilà, en la circonstance, une fort courtoise ouverture. On dira

1. Terre-neuve : race de chien.

ce qu'on voudra, mais la vérité est que ces sauvages ont une délicatesse innée : c'est merveille de voir combien ils sont naturellement affables[1].

C'est par le sommet qu'il commença à se vêtir, coiffant d'abord son tuyau de poêle – un très haut chapeau, soit dit en passant ; puis, toujours sans pantalons, il se mit en quête de ses bottes. Quel mystérieux motif le poussa ensuite à agir comme il le fit, je l'ignore ; mais l'opération suivante consista à s'enfouir sous le lit, ses bottes à la main et son couvre-chef sur la tête. À ses farouches halètements et à ses efforts sonores, je jugeai qu'il avait de la peine à se botter – bien que je ne sache pas qu'aucune règle de bienséance oblige quiconque à enfiler ses bottes dans la plus stricte intimité. Il émergea enfin, le chapeau bosselé enfoncé jusqu'aux yeux, et se mit à arpenter la chambre d'une démarche boitillante.

Constatant alors qu'il n'y avait pas de rideaux à la fenêtre, et que la maison d'en face avait une vue plongeante sur la chambre, et notant avec une inquiétude croissante l'aspect assez inconvenant de Quiqueg qui allait et venait sans grand-chose d'autre sur lui que son chapeau et ses bottes, je le priai comme je pus d'accélérer sa toilette et, en particulier, de mettre ses pantalons au plus vite. Ce qu'il fit, avant d'entreprendre de se laver, et il sortit de la chambre d'une allure fière, drapé dans sa vareuse[2], et arborant son harpon comme un bâton de maréchal.

1. Affables : bienveillants.
2. Vareuse : blouse.

Je ne tardai pas à le suivre et descendis dans la salle du bar, où j'abordai affablement le souriant patron. Je ne lui gardais pas rancune, bien qu'il se fût passablement payé ma tête avec l'histoire de mon compagnon de lit.

La salle était maintenant remplie des hôtes débarqués la nuit précédente. C'étaient presque tous des baleiniers : seconds, premiers et deuxièmes lieutenants, charpentiers, tonneliers et forgerons de bord, harponneurs et gardiens de navire – une compagnie tannée et musclée portant des barbes broussailleuses.

Quant à Quiqueg, il se dispensa du café et des petits pains chauds pour concentrer toute son attention sur les biftecks saignants. Le repas terminé, il se retira comme les autres dans la grand-salle et alluma sa pipe-tomahawk. Il était assis, digérait et fumait tranquillement, coiffé de son inséparable tuyau de poêle, lorsque je sortis faire un tour.

4

Un ami de cœur

Dans tout port de quelque importance, les artères qui avoisinent les quais offrent le spectacle des êtres les plus étranges et les plus indéfinissables qui soient, venus de pays lointains. Mais New Bedford l'emporte sur tous les docks de Water Street et de Wapping. Là, vous ne rencontrez que des marins, tandis qu'à New Bedford d'authentiques cannibales font la causette au coin des rues – des sauvages à l'état pur. Il y a là de quoi ouvrir des yeux ronds !

Mais en sus des Fidjiens[1] et autres insulaires de Tongatabou, Erromango, Panjang et Brighgg[2], ainsi que des spécimens les plus fantastiques que produit la pêche baleinière et qui déambulent dans les rues sans attirer l'attention, vous verrez des dizaines de tendres rustauds[3], avides du gain et de la gloire qu'apporte la grande pêche. Ce sont pour la plupart de jeunes gaillards vigoureux

1. Fidjien : habitant des îles Fidji, situées à l'ouest de l'océan Pacifique.
2. Insulaires de Tongatabou, Erromango, Panjang et Brighgg : habitants des îles situées dans l'océan Pacifique et l'océan Indien.
3. Rustaud : grossier personnage.

qui, après avoir abattu des forêts, cherchent maintenant à troquer la hache contre le harpon.

On prétend qu'à New Bedford les pères donnent des baleines en dot à leurs filles et gratifient chacune de leurs nièces de quelques marsouins. C'est à New Bedford qu'il faut aller pour voir un brillant mariage, car, dit-on, chaque maison renferme des réserves d'huile considérables, et chaque nuit on y brûle sans compter des quantités de bougies de blanc de baleine.

De retour à l'auberge, j'y trouvai Quiqueg absolument seul. Il était assis sur un banc devant le feu, ses pieds dans le foyer de la cheminée ; d'une main, il tenait tout contre son visage sa petite idole nègre, qu'il scrutait d'un air interrogateur et dont il taillait délicatement le nez avec son couteau de poche, tout en chantonnant pour lui-même un de ses airs barbares.

Interrompu dans son travail, il mit sa statuette de côté et se dirigea vers la table, prit un grand livre, le plaça sur ses genoux et entreprit d'en compter les pages avec méthode et régularité. Toutes les cinquante pages, il s'arrêtait un instant, promenait autour de lui un regard vague et produisait un long sifflement de surprise orné de roulades. Cinquante pages plus loin, il recommençait ; on eût dit que, incapable de compter au-delà de cinquante, c'était cette quantité considérable de cinquantaines qui provoquait son étonnement.

Je le regardais avec le plus vif intérêt. Tout sauvage qu'il était, et malgré ce visage affreusement abîmé, il y avait dans son expression quelque chose qui n'était pas dépourvu de charme. Sous ses tatouages d'un autre monde, il me semblait discerner les marques d'un cœur simple et honnête ; et dans ses grands yeux profonds à la prunelle noire, ardente, farouche, les signes sûrs d'un esprit capable de défier mille démons. En sus de tout cela, il avait l'air d'un homme qui ne s'était jamais abaissé devant quiconque et n'avait jamais rien dû à personne.

Tandis que je l'étudiais attentivement de la sorte, il ne fit, lui, pas une seule fois attention à moi, ne m'accorda pas le moindre regard, mais paraissait entièrement occupé à compter les pages du livre merveilleux. Songeant à la manière amicale dont nous avions dormi ensemble la nuit précédente, je jugeai son indifférence fort étrange. Mais j'avais également remarqué que Quiqueg ne frayait pas avec les autres marins de l'auberge. Cette attitude m'avait d'abord semblé extrêmement bizarre ; mais à la réflexion, elle avait quelque chose de quasi sublime.

Voilà un homme qui se trouvait à vingt mille milles[1] de chez lui, jeté parmi des gens qui lui étaient aussi étrangers que s'il eût été transporté sur la planète Jupiter, et qui avait pourtant l'air parfaitement à son aise, continûment serein, satisfait de sa propre compagnie, toujours égal à lui-même. Il y avait là, à coup sûr, un exemple de philosophie admirable.

Comme je demeurais assis dans cette salle maintenant déserte où brûlait un feu bas et doux, je sentais un attendrissement me gagner. Dissipée, l'hostilité

1. Mille (terrestre) : mesure de distance anglo-saxonne équivalant à 1 609 mètres environ.

de mon cœur meurtri et de ma main furieuse contre le monde cruel. La présence apaisante de ce sauvage l'avait rédimé[1]. Il se tenait là, indifférent, et cette indifférence révélait une nature où ne se cachaient aucune des hypocrisies de la civilisation, nulle fourberie maquillée d'affabilité.

Quelle mine sauvage ! Pourtant, une force mystérieuse m'attirait vers lui. Et ces choses mêmes qui eussent éloigné la plupart des gens constituaient pour moi autant d'aimants. J'approchai mon banc et lui fis des signes et gestes d'amitié, en m'efforçant d'engager la conversation. D'abord, il ne prêta guère attention à ces avances, mais bientôt, comme j'évoquais son hospitalité de la nuit précédente, il se décida à me demander si nous partagerions le même lit une seconde fois. Je lui répondis oui, ce qui eut l'air de lui plaire.

Nous feuilletâmes ensuite les pages du livre, et j'entrepris de lui expliquer l'objet des caractères d'imprimerie et le sens des quelques illustrations qu'il contenait. Une fois son intérêt éveillé de la sorte, nous pûmes nous entretenir, dans un parfait baragouin[2], des choses à voir dans cette ville fameuse. Je lui proposai bientôt de fumer la pipe de l'amitié ; sur quoi il sortit sa blague[3] et son tomahawk et m'offrit tranquillement de les partager avec moi. Et nous restâmes assis là, tirant sur cette pipe barbare que nous nous passions l'un à l'autre à intervalles réguliers.

1. Rédimé : libéré.
2. Baragouin : charabia.
3. Blague : sac à tabac.

Il paraissait me prendre en affection et, lorsque nous eûmes fini notre pipe, il appuya son front contre le mien, m'enserra la taille et me déclara que nous étions désormais mariés – ce qui signifiait, dans l'idiome de son pays, que nous étions des amis de cœur et qu'il donnerait sa vie pour moi avec joie s'il le fallait.

Après le souper, une nouvelle causette et une seconde pipe, nous montâmes ensemble dans notre chambre. Il me fit cadeau de sa tête embaumée, sortit son énorme blague à tabac et, plongeant la main tout au fond, en retira quelque trente dollars d'argent ; puis, disposant les pièces sur la table, il les divisa d'un geste mécanique en deux parts égales, poussa l'une vers moi et me dit qu'elle me revenait.

J'allais protester, mais il me fit taire en glissant les pièces dans les poches de mon pantalon. Je les y laissai. Il entreprit alors de faire ses dévotions[1] du soir, sortit son idole et ôta l'écran de papier de la cheminée. Il me sembla deviner, à certains signes, qu'il souhaitait que je me joigne à lui. En conséquence, j'allumai les copeaux, l'aidai à mettre sur ses pieds l'innocente petite statuette, offrit avec Quiqueg du biscuit brûlé à l'idole, fis quelques salamalecs[2] et lui embrassai le bout du nez. Après quoi, nous nous mîmes au lit, en paix avec notre conscience et le monde tout entier. Mais avant de nous endormir, nous fîmes un brin de conversation.

1. Dévotion : prière.
2. Salamalec : politesse, souvent employé au pluriel (familier).

5
Une vie

Quiqueg était natif de Kokovoko[1], une île située très loin à l'ouest et au sud. Comme tous les endroits vrais, elle ne figure sur aucune carte.

Alors qu'il s'ébattait librement dans ses forêts natales, couvait déjà dans son âme ambitieuse un vif désir de voir de la chrétienté un peu plus que les quelques aperçus que lui en fournissait tel ou tel navire baleinier. Son père était un grand chef, un roi ; son oncle, un grand prêtre ; et du côté maternel, il se flattait d'avoir des tantes qui étaient les épouses de guerriers invincibles. Un sang royal coulait dans ses veines, mais affreusement corrompu, je le crains, par la propension[2] au cannibalisme qui avait été la sienne pendant son ignorante jeunesse.

Un bâtiment de Sag Harbor relâcha[3] dans la baie paternelle, et Quiqueg chercha à s'y embarquer pour les terres chrétiennes. Mais l'équipage était au complet ; sa

1. Kokovoko : île imaginaire.
2. Propension : tendance, penchant.
3. Relâcha : fit escale.

demande fut repoussée. Quiqueg, alors, seul dans son canoë, pagaya jusqu'à une passe éloignée que le navire allait nécessairement devoir franchir en quittant l'île. Cachant son canoë dans un fourré de racines, la proue[1] pointée vers la mer, il s'assit à l'arrière, la pagaie à la main ; et lorsque le navire passa à proximité, il jaillit comme un éclair, gagna son flanc, renversa et coula son esquif[2] d'un coup de pied, grimpa aux chaînes, se jeta de tout son long sur le pont et, s'étant agrippé à une boucle d'amarrage, il jura de ne pas lâcher prise, dût-on le mettre en pièces.

C'est en vain que le capitaine menaça de le jeter par-dessus bord, en vain qu'il posa sur ses poignets nus la lame d'un sabre d'abordage. Quiqueg était fils de roi, il ne cilla[3] pas. Frappé par ce courage né du désespoir et un si farouche désir de voir la chrétienté, le capitaine finit par se laisser fléchir[4] et lui dit de se considérer comme chez lui à son bord. On l'enrôla comme matelot et on fit de lui un baleinier.

Quiqueg n'était rebuté par aucun labeur[5], s'il pouvait ainsi acquérir le pouvoir d'apporter à ses compatriotes les lumières de la connaissance. Car il était mû au fond, m'expliqua-t-il, par un ardent désir d'apprendre des chrétiens les arts qui lui permettraient de rendre son peuple plus heureux, et surtout meilleur qu'il n'était.

1. Proue : partie avant du bateau.
2. Esquif : embarcation.
3. Cilla : bougea.
4. Fléchir : amadouer.
5. Labeur : tâche.

Hélas ! les mœurs des baleiniers eurent tôt fait de le convaincre que même les chrétiens peuvent être tout à la fois malheureux et méchants, et infiniment plus que tous les sujets idolâtres de son père. Ayant enfin gagné le bon vieux port de Sag Harbor, il vit ce que les marins y faisaient ; puis, de là, se rendit à Nantucket et vit comment ils dépensaient leur paie… Et le pauvre Quiqueg abandonna tout espoir. « Le monde est mauvais sous tous les méridiens[1], conclut-il ; je mourrai donc païen. »

Je lui demandai s'il n'envisageait pas de rentrer chez lui et de se faire couronner, puisque son père, un vieillard bien affaibli selon les dernières nouvelles reçues, était sans doute mort et enterré maintenant. Il répondit qu'il craignait que la chrétienté, ou plutôt les chrétiens l'eussent rendu indigne de monter sur ce trône vierge de toute souillure où l'avaient précédé trente rois païens. Il rentrerait plus tard, dit-il, plus tard, dès qu'il se sentirait comme baptisé une seconde fois. On avait fait de lui un harponneur, et son fer lui tenait lieu de sceptre désormais.

Sur quoi je lui expliquai que je souhaitais moi aussi aller pêcher la baleine et que j'avais l'intention de m'embarquer à Nantucket, qui était le port le plus riche de possibilités pour un marin baleinier à l'esprit aventureux. Il résolut aussitôt de m'accompagner, de monter sur le même bord, de se faire recruter dans le même quart[2], la même pirogue, la même popote que moi ; bref,

1. Méridien : cercle imaginaire passant par les pôles terrestres.
2. Quart : partie de l'équipage chargée de la veille.

de partager tous les caprices de mon sort. J'adoptai ce programme avec enthousiasme, car outre l'affection que j'éprouvais à présent pour Quiqueg, c'était un harponneur expérimenté qui ne manquerait pas d'être du plus grand secours à un marin tel que moi, qui connaissait bien la mer à la façon des marins marchands, mais ignorait tout des mystères de la pêche de la baleine.

Son histoire ayant pris fin, Quiqueg me serra contre lui, pressa son front contre le mien et souffla la lumière ; chacun se tourna de son côté et nous nous endormîmes presque aussitôt.

6

Le navire

Le lendemain matin, nous empruntâmes une brouette où nous mîmes nos affaires, et nous prîmes le chemin du quai où se trouvait amarrée la petite goélette[1] de Nantucket qui faisait service de paquebot. Quiqueg s'arrêtait de temps à autre pour remettre en place le fourreau sur les barbes[2] de son harpon. Je lui demandai pourquoi il emportait à terre un objet aussi encombrant, et si tous les navires baleiniers ne fournissaient pas les harpons. Il me répondit que c'était en effet le cas, mais qu'il avait une affection toute particulière pour son harpon qui connaissait d'intime façon le cœur des baleines.

Enfin, notre passage payé et nos bagages en sûreté, nous nous retrouvâmes sur le pont de la goélette. On hissa les voiles, et le navire descendit la rivière Acushnet. Un long et très périlleux voyage s'achève-t-il qu'un deuxième commence aussitôt ; celui-ci terminé, un autre se prépare, puis un autre, et ainsi de suite sans

1. Goélette : petit voilier à deux mâts.
2. Barbe : pointe ou crochet qui permet au harpon de rester planté dans la proie.

jamais finir. Ainsi va, intolérablement, indéfiniment recommencé, l'effort des hommes.

Il était assez tard ce soir-là quand notre petit *Goémon* vint tranquillement mouiller son ancre et nous débarqua, Quiqueg et moi ; il ne nous restait donc qu'à nous occuper de trouver un dîner et un lit.

Une fois au lit, nous mîmes au point nos plans pour le lendemain. Mais quelles ne furent pas ma surprise et mon inquiétude lorsque Quiqueg me donna à entendre qu'il avait consciencieusement consulté Yojo – tel était le nom de son petit dieu noir – et que Yojo lui avait dit deux ou trois fois, en insistant lourdement, qu'au lieu de nous rendre ensemble au port pour choisir de conserve[1] notre navire parmi la flottille des baleiniers – Yojo lui avait solennellement enjoint de me laisser, à moi seul, la responsabilité de la décision.

Le lendemain matin, de bonne heure, laissant Quiqueg seul avec Yojo dans notre petite chambre, je pris la direction du port. Après avoir longuement déambulé et posé mainte question au hasard, j'appris que trois navires s'apprêtaient à appareiller pour des campagnes de trois ans : la *Diablesse*, la *Bonne-bouche* et le *Pequod*.

Pequod, c'était le nom d'une célèbre tribu d'Indiens du Massachusetts aujourd'hui disparue et, montant à bord, je l'examinai un moment et conclus que c'était le navire qu'il nous fallait.

C'était un bâtiment de l'ancienne école, plutôt petit pour ce qui était de la taille. Sa vieille coque,

1. De conserve : ensemble.

longuement recuite et boucanée[1] par les typhons et les calmes des quatre océans, avait le teint basané d'un grenadier[2] français qui a fait à la fois la guerre d'Égypte et la campagne de Sibérie. Sa vénérable proue paraissait porter la barbe. Ses mâts se tenaient droit, ses ponts antiques étaient usés et ridés.

À toutes ces marques d'ancienneté s'ajoutaient des traits plus récents, surprenants, liés à la rude carrière qui avait été la sienne plus d'un demi-siècle durant. C'était un navire fait trophée – un bâtiment cannibale, couvert des os ciselés de ses ennemis. Ses pavois[3] ouverts et dépourvus de panneaux étaient hérissés sur toute la longueur, telle une unique mâchoire continue, des longues dents aiguës du cachalot, qui tenaient lieu de cabillots[4] où l'on amarrait ses vieux nerfs et muscles de chanvre. Ces nerfs ne passaient pas à travers de vulgaires poulies faites du bois des forêts, mais filaient adroitement sur des réas[5] d'ivoire marin. Pour son très vénérable gouvernail, dédaignant la roue à tourniquet, il exhibait fièrement une barre taillée d'une seule pièce, avec fantaisie, dans la longue et étroite mâchoire inférieure de son ennemi héréditaire.

Comme je cherchais sur le gaillard d'arrière une personne qui eût autorité, il me fut impossible de ne pas remarquer une curieuse tente, plantée un peu en arrière du grand mât. De forme conique, haute de

1. Boucanée : brûlée.
2. Grenadier : soldat.
3. Pavois : barrière située sur le pont supérieur.
4. Cabillot : cheville servant à amarrer.
5. Réa : roue d'une poulie.

dix pieds[1] environ, elle était faite des longues lames noires et souples de fanons[2] de baleine franche, découpées dans la mâchoire. Une ouverture triangulaire faisait face à la proue, découvrant à son occupant une vue complète de l'avant.

À demi dissimulé dans ce singulier logement, je trouvai enfin un homme d'âge mûr ; il était tanné et musclé comme sont la plupart des vieux marins, et emmitouflé dans un vêtement de drap pilote bleu coupé à la façon quaker[3].

– Suis-je bien devant le capitaine du *Pequod* ? fis-je en avançant vers l'ouverture de la tente.

– En supposant que ce soit lui, qu'attends-tu de lui ? demanda-t-il.

– Je songeais à m'embarquer.

– J'imagine que tu ne connais rien à la pêche de la baleine, hein ?

– Non, rien, monsieur ; mais je suis sûr que j'apprendrai vite. J'ai fait plusieurs voyages dans la marine de commerce et je crois que…

– Au diable la marine de commerce ! Tu vois cette jambe ? Son extrémité te bottera le derrière si jamais tu me reparles de la marine de commerce. Sans blague ! Mais saperlotte ! qu'est-ce qui peut bien te pousser à aller pêcher la baleine, mon bonhomme ?

– Eh bien, monsieur, je veux voir ce qu'est la grande pêche. Je veux voir le monde.

1. Pied : ancienne mesure de longueur équivalant à 32 centimètres environ.
2. Fanon : lame cornée, souple et résistante, accrochée à la mâchoire de la baleine.
3. Quaker : membre d'une Église protestante.

– As-tu déjà rencontré le capitaine Achab ?

– Qui est le capitaine Achab, monsieur ?

– C'est bien ce que je pensais. Le capitaine Achab est le patron de ce navire.

– Je me trompais donc. Je croyais avoir affaire au capitaine en personne.

– Tu as affaire au capitaine Peleg. C'est à moi et au capitaine Bildad qu'il revient de veiller à ce que le *Pequod* soit armé pour la campagne, et que lui soit fourni tout le nécessaire, y compris les hommes. Nous sommes à la fois propriétaires et armateurs[1]. Mais j'allais te dire que si tu veux savoir ce qu'est la pêche de la baleine, comme tu le prétends, je puis te donner le moyen de l'apprendre avant que tu ne t'engages définitivement sans possibilité de dédit. Va-t'en voir le capitaine Achab, jeune homme, et tu t'apercevras qu'il n'a qu'une jambe.

– Que voulez-vous dire, monsieur ? A-t-il perdu l'autre à cause d'une baleine ?

– À *cause d'une baleine* ? Elle a été dévorée, mâchée, broyée par le plus monstrueux cachalot qui ait jamais défoncé un canot ! Désires-tu toujours t'engager ?

Sa véhémence m'effraya un peu, mais je dis, d'un ton aussi calme que je pus :

– Oui, monsieur.

– Autant signer les papiers tout de suite, ajouta-t-il. Viens avec moi.

Ce disant, il passa devant moi et nous descendîmes

1. Armateur : personne qui équipe un navire pour le commerce ou pour la pêche.

dans la cabine. Assis sur la barre d'arcasse[1] se trouvait un personnage qui me parut fort curieux. L'homme se révéla être le capitaine Bildad, qui était avec le capitaine Peleg l'un des plus importants propriétaires du navire, les autres parts, comme c'est parfois le cas dans ces ports, étant détenues par une foule de vieux rentiers, de veuves, d'orphelins, chacun possédant la valeur d'une tête d'allonge, d'un pied de planche ou de deux clous du navire. Les gens de Nantucket placent leur argent dans les navires baleiniers, comme vous investissez le vôtre dans des fonds d'État garantis et d'un bon rapport.

Comme Peleg, le capitaine Bildad était un baleinier à la retraite, jouissant d'une rente confortable.

– Il dit qu'il est notre homme, Bildad. Il veut s'embarquer.

– Il fera l'affaire, dit Bildad en m'examinant.

Peleg ouvrait à présent un coffre ; il en sortit le rôle d'équipage[2], posa une plume et de l'encre devant lui et s'assit à une petite table. Je songeai qu'il était grand temps que je décide pour moi-même des conditions que j'étais prêt à accepter pour cette campagne. Je savais déjà que dans la pêche baleinière on ne paie pas de gages[3], mais que tous les hommes de l'équipage, y compris le capitaine, reçoivent ce qu'on appelle une *part* des bénéfices, et que ces parts sont proportionnées à l'importance relative du service de chaque marin.

1. Barre d'arcasse : longue pièce de bois qui contribue à la solidité de l'arrière du bateau.
2. Rôle d'équipage : liste des marins.
3. Gages : rémunération (nom masculin pluriel ; vieilli).

Je n'ignorais pas non plus que le novice que j'étais en matière de pêche n'obtiendrait pas une bien grande part. Mais considérant que j'avais déjà navigué, que je pouvais tenir un gouvernail, et faire toutes sortes d'autres choses, je ne doutais pas qu'on pût m'offrir une part d'1/275e, c'est-à-dire la deux cent soixante-quinzième partie des bénéfices nets de la campagne, quel qu'en fût à l'arrivée le montant. Et, bien que ce fût là ce qu'on appelle « la part du pauvre », c'était quand même mieux que rien.

– Eh bien, capitaine Bildad, dit Peleg, quel *trésor* allons-nous donner à ce jeune homme ?

– Tu le sais mieux que moi, répondit une voix sépulcrale[1]. Une part d'un sept cent soixante-dix-septième ne serait pas excessive, tu ne crois pas ?

C'était bien, en effet, la part du pauvre, et même de l'indigent.

– Crénom, Bildad, s'écria Peleg, tu ne veux quand même pas filouter ce jeune homme ! Il faut lui donner plus que cela.

– Un sept cent soixante-dix-septième, répéta Bildad sans lever les yeux.

– Je vais l'inscrire pour un trois centième, tu m'entends, Bildad ? dit Peleg. Bon… À présent, mon garçon… Ismaël… c'est bien le nom que tu m'as donné, n'est-ce pas ? Eh bien, je t'inscris pour un trois centième.

– Capitaine Peleg, dis-je, j'ai avec moi un ami qui veut également s'embarquer. Il a tué plus de baleines que je ne pourrais en compter. Puis-je l'amener demain ?

1. Sépulcrale : qui évoque la mort, lugubre.

– Bien sûr, dit Peleg. Qu'il vienne, et nous verrons à quoi il ressemble.

Les papiers signés, je m'en fus, convaincu d'avoir fait du bon travail, et que le *Pequod* était précisément le navire choisi par Yojo pour nous mener, Quiqueg et moi, au-delà du Cap.

Mais je n'avais fait que quelques pas lorsque je m'avisai que le capitaine avec lequel j'allais partir me demeurait inconnu. Je fis demi-tour et abordai le capitaine Peleg, à qui je demandai où je pourrais trouver le capitaine Achab.

– Et que lui veux-tu donc ? Tout est en ordre ; tu es enrôlé.

– Oui, mais j'aimerais le voir.

– Je ne crois pas que cela soit possible pour l'instant. Je ne sais pas exactement ce qu'il a, mais il reste enfermé chez lui comme s'il était malade, bien qu'il n'en ait pas l'air. À la vérité, il n'est pas malade, mais il n'est pas non plus en bonne santé. C'est un homme singulier, le capitaine Achab, mais brave. Il y a de la grandeur en lui, du blasphème[1] et du divin. Il parle peu, mais quand il ouvre la bouche, tu feras bien d'écouter. Achab est au-dessus du commun ; il a fréquenté l'école, mais aussi les cannibales, connu des prodiges plus profonds que les vagues, plongé sa lance ardente dans le cœur d'ennemis plus puissants et plus étranges que les baleines. Ah ! sa lance ! La plus tranchante, la plus précise de notre île ! Certes, ce n'a jamais été un gai luron, je le sais bien ;

1. Blasphème : insulte, injure à une divinité ou à une religion.

et depuis qu'il a perdu sa jambe, au dernier voyage, à cause de ce maudit cachalot, il est… comment dire… d'humeur maussade… hargneux… enragé parfois ; mais tout cela passera. Et laisse-moi te dire et t'assurer une fois pour toutes, jeune homme, qu'il vaut mieux naviguer avec un bon capitaine morose qu'avec un mauvais capitaine jovial. Enfin, mon gars, il a une femme – qu'il a épousée il y a trois voyages –, une fille douce et résignée. Songe que cette tendre épouse a donné un enfant au vieil homme.

Je m'éloignai, abîmé dans une profonde songerie ; j'éprouvais à cet instant pour le capitaine Achab compassion et tristesse. Pour quelle raison ? Peut-être à cause de cette jambe cruellement arrachée.

7

Sa marque

Comme nous approchions de l'extrémité du quai où le *Pequod* était mouillé[1], Quiqueg portant son harpon, le capitaine Peleg nous héla de sa voix bourrue. Il n'avait pas imaginé que mon ami était un cannibale, criait-il, et il n'autorisait pas la présence de sauvages à bord, à moins que ceux-ci n'eussent préalablement produit leurs papiers.

– Que voulez-vous dire par là ? dis-je, en sautant par-dessus la rambarde.

– Je veux dire qu'il doit montrer ses papiers.

– Oui-da ! renchérit de sa voix caverneuse le capitaine Bildad. Il doit prouver qu'il est converti. Fils des ténèbres, ajouta-t-il en se tournant vers Quiqueg, es-tu présentement en communion avec une Église chrétienne ?

– Et comment ! dis-je. Il est membre de la Première Église congrégationaliste[2]. D'ailleurs, il est diacre[3] lui-même.

1. Mouillé : amarré.
2. Église congrégationaliste : Église protestante.
3. Diacre : bénévole laïque dans une Église réformée.

– Jeune homme, dit Bildad d'un ton sévère, ce sont des sornettes que tu me contes là. De quelle Église parles-tu ?

– Je parle, monsieur, de la très ancienne Église catholique à laquelle nous appartenons vous et moi, ainsi que le capitaine Peleg que voilà, et Quiqueg que voici, et tout être né d'une femme et doté d'une âme – la grande, l'éternelle Première Église de notre monde dévot[1] ; de cette congrégation, nous sommes tous membres.

– Jeune homme, tu devrais t'embarquer comme missionnaire[2] et non comme marin du gaillard d'avant. Allons… dites à ce Quiconque d'approcher. Par la grande ancre, quel harpon il porte ! L'outil a l'air de bonne trempe, et il le manie comme il faut. Vous êtes-vous déjà trouvé à l'avant d'une baleinière ? Avez-vous déjà piqué une baleine ?

Sans dire un mot, mon peu civilisé Quiqueg bondit sur la rambarde, de là sauta sur l'avant d'une pirogue suspendue au flanc du navire et, prenant appui sur son genou gauche, le harpon en équilibre dans la main, cria à peu près ce qui suit :

– Capitaine, vous voir là-bas petit goudron sur l'eau ? Alors, vous penser œil de baleine.

Ajustant son tir avec soin, il décocha son fer juste au-dessus du chapeau à large bord du vieux Bildad ; le harpon traversa en droite ligne les ponts du navire et toucha la scintillante tache de goudron, qui disparut.

1. Dévot : pieux, qui a la foi.
2. Missionnaire : prêtre chargé de propager la foi.

– Maintenant, dit Quiqueg en halant sa ligne d'un geste calme, baleine morte.

– Bildad, vite, dit Peleg à son associé, va chercher les papiers du navire. Il nous faut absolument ce Quinconce… je veux dire Quiconque… dans l'une de nos pirogues. Écoutez bien, Quiconque… nous allons vous donner une part d'un quatre-vingt-dixième. C'est plus que ce qu'a jamais obtenu un harponneur de Nantucket.

Lorsque Peleg eut tout préparé pour la signature, il se tourna vers moi :

– J'imagine que ce Quiconque ne sait pas écrire, non ?

Mais cette question n'embarrassa aucunement Quiqueg, qui avait déjà participé deux ou trois fois à des cérémonies similaires ; saisissant la plume qu'on lui tendait, il copia sur le rôle, à l'endroit qu'il fallait, la réplique parfaite d'un curieux motif arrondi tatoué sur son bras.

Le lendemain, on fit savoir, dans toutes les auberges où étaient descendus les hommes de l'équipage, que leurs coffres devraient avoir été transportés à bord avant la nuit, car le départ du navire pouvait être imminent.

Un jour ou deux passèrent. Enfin, on annonça que le navire mettrait certainement sous voiles dans la journée du lendemain. Vers midi, enfin, après qu'on eut renvoyé les gréeurs[1] à terre, que le *Pequod* eut été

1. Gréeur : personne chargée d'installer le matériel mobile qui sert à manœuvrer un bateau.

remorqué à distance du quai, Peleg et Bildad sortirent de la cabine. Ils gardaient encore la haute main sur le gaillard d'arrière ! Quant au capitaine Achab, aucun signe ne trahissait sa présence ; simplement, avait-on dit, il était dans la cabine. On expliquait qu'il n'était pas nécessaire qu'il fût là pour faire appareiller le navire et le mener au large.

Le capitaine Peleg était maintenant au comble de l'animation.

– Abattez cette tente ! ordonna-t-il.

À bord du *Pequod*, il était bien connu que l'ordre d'abattre la tente suivait immédiatement celui de lever l'ancre.

Enfin l'ancre fut levée, les voiles hissées et nous nous éloignâmes vers le large. C'était un Noël froid, et lorsque la courte journée boréale[1] se fut dissipée dans la nuit, nous nous trouvâmes presque au cœur de l'océan hivernal, dont l'écume glacée nous habillait comme d'une armure étincelante. Telles les défenses d'ivoire d'un éléphant gigantesque, d'immenses stalactites de glace pendaient, en s'incurvant, à la proue.

Lorsque nous eûmes enfin gagné la haute mer et que les deux pilotes furent devenus inutiles, le robuste bateau à voile qui nous accompagnait vint se ranger contre notre bord.

– Capitaine Bildad… allons, vieux camarade, il nous faut partir, dit Peleg. Ohé du canot ! Paré à accoster maintenant ! Doucement… attention… Viens, Bildad,

1. Boréale : voisine du pôle Nord.

fais tes adieux. Bonne chance, Starbuck… bonne chance, monsieur Stubb… bonne chance, monsieur Flask… Adieu et bonne chance à tous… Dans trois ans, jour pour jour, un bon souper fumant vous attendra à Nantucket.

– Que l'Éternel vous bénisse et vous ait en Sa sainte garde, mes garçons, murmura Bildad. J'espère que vous aurez bientôt du beau temps, afin que le capitaine Achab puisse se retrouver parmi vous… Soyez prudents à la chasse, messieurs les officiers. Et vous, harponneurs, ne défoncez pas les pirogues sans raison. Adieu, adieu ! Ne laissez pas ce fromage trop longtemps dans la cale, monsieur Starbuck, il se gâterait. Soyez économe avec le beurre, il a coûté vingt sous la livre[1], et ayez soin de…

– Allons, capitaine Bildad, assez palabré[2]. En route !

Sur ces mots, tous deux sautèrent dans le canot. Le navire et le bateau s'écartèrent l'un de l'autre ; une mouette passa en criaillant au-dessus des têtes ; les deux coques roulèrent impétueusement ; le cœur lourd, nous lançâmes trois vivats et, tel le destin aveugle, plongeâmes dans les solitudes de l'Atlantique.

1. Livre anglaise (*pound*) : ancienne unité de masse équivalant à 450 grammes environ.

2. Palabré : discuté.

8

En guise de plaidoyer

Comme nous sommes à présent, Quiqueg et moi, embarqués pour de bon dans notre campagne de pêche, et que la pêche baleinière est de nos jours considérée comme une activité dépourvue de poésie et de distinction, je suis tout impatience de vous convaincre de l'injustice qui nous est ainsi faite à nous autres, chasseurs de baleines.

Une des raisons majeures pour lesquelles le monde refuse d'honorer les baleiniers est que l'on tient notre métier pour une sorte de boucherie, et que lorsque nous sommes à pied d'œuvre, c'est au milieu d'un véritable carnage. Oui, c'est vrai, nous sommes des bouchers.

Mais tels ont été aussi tous les chefs militaires que le monde se plaît invariablement à honorer. Et si, dans la représentation populaire, l'idée du danger accroît à ce point le prestige des armes, je puis vous assurer que plus d'un vétéran[1] qui s'est lancé à l'assaut d'une batterie reculerait bien vite à la vue de la queue immense du

1. Vétéran : ancien combattant.

cachalot lorsqu'elle produit, au-dessus de sa tête, des tourbillons d'air.

Pourtant, bien que le monde nous moque, il nous rend sans le savoir le plus profond hommage, et même nous voue une inépuisable adoration.

Mais considérez cette question sous d'autres angles.

Pourquoi, entre 1750 et 1788, la Grande-Bretagne versa-t-elle à ses marins baleiniers plus d'un million de livres de primes ? Enfin, d'où vient que nous, baleiniers d'Amérique, excédons en nombre l'ensemble de nos confrères de tous les autres pays, que notre flotte compte plus de sept cents bâtiments, armés de dix-huit mille hommes, qui coûtent chaque année quatre millions de dollars, valent, au moment de l'appareillage, vingt millions de dollars et ramènent dans nos ports une bonne et belle moisson annuelle de sept millions de dollars ?

Depuis de nombreuses années, le navire baleinier, tel un pionnier, révèle au monde les recoins les plus écartés et les moins connus de la planète. Il explore des mers et des archipels qui ne figuraient sur aucune carte. Si des navires de guerre américains et européens pénètrent aujourd'hui en toute quiétude dans des rades autrefois barbares, qu'ils tirent des salves[1] en l'honneur et à la gloire du navire baleinier qui leur a ouvert la route et a été leur premier interprète auprès des sauvages.

Que l'on célèbre comme on voudra les héros des expéditions et voyages d'exploration, les Cook et autres

1. Salve : décharge de plusieurs armes à feu.

Krusenstern ; je dis, moi, que des dizaines de capitaines anonymes partis de Nantucket furent aussi grands, et même plus grands. Car c'est les mains nues et sans espoir de secours que, dans les eaux païennes et requineuses ou sur des plages ignorées des géographes, sous une grêle de javelines[1], ils ont combattu des prodiges et des terreurs inouïs que Cook, avec tous ses soldats de marine et ses mousquets[2], eût hésité à affronter.

Aucun commerce sinon colonial, presque aucun contact sinon colonial, là aussi, ne fut établi entre l'Europe et la longue chaîne d'opulentes provinces espagnoles de la côte du Pacifique, avant que les bâtiments de l'industrie baleinière aient doublé le cap Horn. C'est le pêcheur de baleines qui, le premier, a battu en brèche la politique jalouse de la couronne d'Espagne envers ses colonies.

L'Australie a été donnée au monde éclairé par le chasseur de cétacés[3]. C'est lui qui a donné naissance à cette colonie aujourd'hui puissante. Les îles innombrables de la Polynésie attestent la vérité de ce fait, et rendent hommage aux vertus mercantiles[4] du baleinier qui fraya la voie au missionnaire et au marchand. Si jamais le Japon, terre deux fois verrouillée, doit un jour se montrer hospitalière, c'est au seul baleinier qu'en reviendra le mérite ; car il est déjà sur le seuil de la porte.

1. Javeline : petite lance.
2. Mousquet : arme à feu.
3. Cétacé : mammifère marin.
4. Mercantiles : marchandes.

Pour ce qui me concerne, si je devais jamais mériter quelque réputation, j'en attribue d'ores et déjà l'honneur et la gloire à la pêche de la baleine ; car mes universités, c'est à bord d'un navire baleinier que je les ai faites, non pas à Yale ni à Harvard.

9

Chevaliers et écuyers

Le second du *Pequod* était Starbuck, originaire de Nantucket. C'était un homme de haute taille à la mine grave, qui, bien que né sur une côte glaciale, paraissait bien fait pour supporter les latitudes brûlantes, car sa chair avait la dureté d'un biscuit recuit.

Son aspect n'avait rien de déplaisant, bien au contraire. Sa vitalité intérieure lui assurait un parfait état de marche sous tous les climats – les froids polaires aussi bien que les soleils torrides. Exceptionnellement consciencieux, et doté d'un naturel profondément religieux, ce marin, dont la vie se déroulait dans les solitudes hostiles du monde des eaux, inclinait fortement à la superstition. Il vivait dans un monde de présages visibles et de pressentiments intérieurs. Et si ces choses pliaient parfois l'acier bien trempé de son âme, les lointains souvenirs domestiques de la jeune femme et de l'enfant qu'il avait laissés au cap Cod tendaient à adoucir un peu plus encore sa rudesse naturelle. « Pas un homme ne montera dans ma pirogue, disait Starbuck, s'il n'a pas peur de la baleine. » Il semblait vouloir faire comprendre par là non seulement que le courage le plus ferme et utile naît d'une juste estimation du péril, mais aussi que celui qui ne connaît jamais la peur est un compagnon dont on a plus à redouter que d'un poltron.

La bravoure, chez lui, n'était pas une chose ressentie, mais simplement commode et toujours à portée de main dans les situations pratiques où la vie était en jeu. Et puis, peut-être estimait-il que, dans une campagne de pêche, elle était un produit de base, au même titre que le bœuf salé et le pain, et qu'il ne fallait pas la gaspiller sottement. C'est pourquoi il répugnait à affaler[1] les canots après le coucher du soleil, et à combattre obstinément un animal qui s'acharnait à poursuivre le combat. « Car – pensait Starbuck – je navigue sur cet océan de tous les dangers pour tuer des baleines qui assurent ma subsistance, et non pour être tué par elles afin qu'elles assurent la leur. »

Le premier lieutenant s'appelait Stubb. Il était originaire du cap Cod. Insouciant, ni brave ni poltron, il prenait les dangers comme ils venaient, d'un air indifférent ; et à l'instant le plus périlleux de la chasse, il menait son travail avec le calme et le sang-froid d'un compagnon charpentier engagé à l'année. D'humeur joyeuse, nonchalant, léger, il présidait aux manœuvres de sa baleinière comme si la rencontre la plus meurtrière était un simple souper, et ses hommes d'équipage des convives. Lorsqu'il se trouvait tout près de la baleine, au moment du combat mortel, il maniait sa lance

1. Affaler : terme de marine qui signifie descendre rapidement.

impitoyable avec la même froide désinvolture qu'un chaudronnier ambulant son maillet. Flanc à flanc avec un monstre au comble de la fureur, il continuait à fredonner ses vieux rigaudons[1]. Quant à savoir ce qu'il pensait de la mort, impossible de le dire.

Ce qui, peut-être, rendait Stubb aussi insoucieux de l'avenir et insensible à la peur, ce qui lui faisait porter avec un tel entrain le fardeau de la vie, ce qui, entre autres choses, contribuait à entretenir en lui une bonne humeur presque sacrilège[2], ce devait être sa pipe. Sa courte pipe noire était, comme son nez, un des traits immuables de sa physionomie. On se serait attendu à le voir sauter à bas de son cadre sans son nez plutôt que sans sa pipe. Car Stubb, quand il s'habillait, commençait par mettre non pas les jambes dans son pantalon, mais une pipe dans sa bouche.

Le second lieutenant était Flask, originaire de Tisbury dans l'île de Martha's Vineyard[3]. C'était un garçon de petite taille, râblé, rouge de santé, d'un tempérament fort batailleur quand il avait affaire aux baleines, qui semblait croire que les grands léviathans[4] l'avaient personnellement offensé, de sorte qu'il mettait un point d'honneur à les détruire chaque fois qu'il en croisait. Il était si parfaitement étranger à ce que peuvent inspirer de respect les mille merveilles de leur masse majestueuse et si insensible aux dangers

1. Rigaudon : mélodie rythmée, à deux temps, sur laquelle on dansait.
2. Sacrilège : offensante.
3. Martha's Vineyard : île située dans l'État du Massachusetts, aux États-Unis.
4. Léviathan : monstre marin.

que pouvait représenter leur rencontre que, dans sa modeste estimation, le cétacé prodigieux n'était rien de plus qu'une espèce de souris de grosse taille, dont quelques manœuvres d'approche suffisaient à venir à bout. Cette intrépidité ignorante et inconsciente le rendait quelque peu facétieux dans la pêche ; il poursuivait ces poissons par pur amusement.

Ces trois officiers – Starbuck, Stubb et Flask – étaient des personnages importants. Chacun commandait l'une des trois baleinières du *Pequod*, ils étaient pareils à des capitaines de compagnies. Ou encore, armés de leurs longues piques acérées, ils formaient comme un trio choisi de lanciers, de même que les harponneurs figuraient des porteurs de javelot.

Et comme dans cette très fameuse pêche baleinière, chaque chef de pirogue est toujours accompagné de son harponneur, et que, par ailleurs, il s'établit généralement entre ces deux hommes des liens d'intimité et d'étroite amitié, il convient que nous disions ici qui étaient les harponneurs du *Pequod* et à quel chef de pirogue chacun appartenait.

Il y avait d'abord Quiqueg, que Starbuck, le second, avait choisi pour écuyer. Mais nous le connaissons déjà.

Venait ensuite Tashtego, un Indien originaire de Gay Head, le promontoire le plus occidental de Martha's Vineyard, où subsistent les derniers vestiges d'un village de Peaux-Rouges. Les longs et fins cheveux noirs de Tashtego, ses pommettes hautes, ses yeux de jais très ronds, tous ces traits désignaient assez en lui l'héritier de ces fiers chasseurs guerriers au sang pur qui, lancés à la poursuite du grand élan de Nouvelle-Angleterre[1], avaient battu, l'arc à la main, les forêts primitives du continent. Tashtego, pourtant, ne suivait plus au flair la trace des bêtes des bois, mais le sillage des formidables baleines de l'océan. Tashtego était l'écuyer de Stubb, le premier lieutenant.

Le troisième harponneur était Daggou, gigantesque sauvage d'un noir de charbon à la démarche de lion. À ses oreilles pendaient deux anneaux d'or. Il s'était, dans sa jeunesse, volontairement embarqué sur un baleinier, et menait depuis de nombreuses années la vie intrépide d'un chasseur de baleines. On éprouvait, en levant les yeux sur lui, une sorte d'humilité physique et, chose curieuse, il était l'écuyer du petit Flask qui paraissait, près de lui, un simple pion d'échecs.

Il faut dire que presque tous les hommes du *Pequod* étaient des insulaires, mais aussi, aimerais-je dire, des *Isolés*, refusant toute appartenance au continent de la communauté humaine, mais à présent fédérés par le bois d'une quille[2] unique, quel ensemble formaient ces *Isolés* !

1. Nouvelle-Angleterre : région située au nord-est des États-Unis.
2. Quille : partie la plus basse du bateau.

10

Achab

Nous avions quitté Nantucket depuis plusieurs jours, et le capitaine Achab ne se montrait toujours pas sur le pont. Les officiers se relayaient régulièrement aux quarts et semblaient être les seuls à commander le navire. Pourtant, ils remontaient parfois de la cabine avec des ordres si soudains et péremptoires[1] que, tout compte fait, on comprenait qu'ils ne commandaient que par procuration[2].

Comme nous avions quitté le port le jour de Noël, nous eûmes, pendant quelque temps, un froid mordant, polaire ; mais chaque degré, chaque minute de latitude de notre course vers le sud nous en éloignait, et nous laissâmes peu à peu derrière nous cet impitoyable hiver.

Par un de ces matins où le ciel est moins menaçant, mais encore passablement gris et morne, je montai sur le pont à l'appel du quart du matin. Le capitaine Achab se tenait là, planté sur le gaillard d'arrière.

1. Péremptoires : autoritaires.
2. Par procuration : par l'intermédiaire d'une autre personne.

On eût dit un homme qu'on vient de détacher d'un bûcher dont les flammes ont méthodiquement ravagé tous les membres, sans pourtant les consumer. Sa haute et large figure paraissait faite de bronze massif et coulée dans un moule inaltérable. On lui voyait, prenant naissance dans ses cheveux gris et courant sur un côté du visage et du cou basanés et brûlés, un fin sillon d'une blancheur livide. S'agissait-il d'une marque de naissance, ou bien de la cicatrice d'une terrible blessure ? Personne n'aurait pu le dire de manière certaine.

J'avais été si profondément troublé par la forme sinistre d'Achab et par cette livide balafre qui le zébrait qu'il me fallut quelques instants pour comprendre que la gravité, lugubre, impérieuse, qui se dégageait de sa personne provenait de la jambe barbare sur laquelle il s'appuyait à demi. Cette jambe d'ivoire avait été façonnée en mer dans l'os poli d'une mâchoire de cachalot.

Je fus frappé par la singularité de sa posture. De chaque côté du gaillard d'arrière du *Pequod*, était creusé dans le bois des planches un trou de tarière[1] d'un demi-pouce[2] de profondeur environ. Sa jambe d'os fichée dans ce trou, un bras levé agrippant un cordage, le capitaine Achab, dressé de toute sa hauteur, fixait un point au-delà de la proue toujours plongeante du navire.

Il ne disait mot et ses officiers ne lui parlaient pas, bien que le moindre de leur geste, la moindre de leur expression trahît clairement la conscience pénible,

1. Tarière : outil en forme de vrille permettant de réaliser des trous.
2. Pouce : mesure de longueur équivalant à 2,5 centimètres environ.

peut-être douloureuse, qu'ils avaient de se trouver sous l'autorité inquiète de l'œil du maître. Mais il y avait autre chose : Achab le taciturne, Achab le foudroyé tenait levé devant eux un visage de crucifié, où se lisait l'indicible dignité, royale, irrésistible, d'une souffrance immense.

Peu après cette première visite à l'air libre, il se retira dans sa cabine. Mais à partir de ce matin-là, il se montra chaque jour à l'équipage, planté dans son trou à pivot ou assis sur un tabouret d'ivoire, ou encore arpentant le pont d'un pas lourd. C'est ainsi que, peu à peu, il se trouva être presque continûment au-dehors, bien que, ne parlant et n'agissant guère sur le pont maintenant ensoleillé, il parût avoir aussi peu d'utilité qu'un mât supplémentaire.

Il est vrai que le *Pequod* ne faisait alors qu'effectuer sa traversée. Les officiers avaient toute compétence pour mettre la dernière main aux préparatifs de la pêche, de sorte qu'il ne restait à Achab que bien peu d'objets susceptibles d'exciter ou de satisfaire son intérêt.

Bientôt, pourtant, la chaude et mélodieuse éloquence de ce beau temps de vacances où nous arrivions sembla le distraire chaque jour davantage de son humeur sombre.

11

Cétologie

J'aimerais vous présenter maintenant une vue systématique de la baleine dans toute la variété de ses espèces, mais la tâche n'est pas aisée.

Pourtant, si notre savoir est mince, les livres, eux, sont légion. Nombreux sont ceux, petits et grands, anciens et modernes, gens de mer et gens de terre, qui ont écrit sur la baleine. Mais il n'existe que deux livres qui aient l'ambition de mettre le cachalot vivant sous le regard du lecteur et qui y parviennent un tant soit peu. Ce sont les ouvrages de Beale et de Bennett, tous deux, en leur temps, chirurgiens de bord sur des baleiniers anglais des mers du Sud.

Mais le cachalot ne peut prétendre à aucune biographie complète. Sa vie, bien plus que celle de n'importe quel autre gibier marin de son espèce, reste à écrire.

Les différents groupes de baleines doivent pouvoir faire l'objet d'une classification exhaustive et compréhensible par tous, qui se réduira pour l'heure à une rapide esquisse destinée à être complétée plus tard. Comme personne de plus compétent ne se présente pour s'atteler à l'ouvrage, je propose ici mes modestes efforts.

Et en premier lieu, ceci : dans certains milieux, on continue à disputer de la question de savoir si la baleine est un poisson. Sachez que pour ma part, coupant court à toute discussion, je prends à mon compte la bonne vieille thèse selon laquelle la baleine est un poisson et j'invoque là-dessus le soutien du très saint Jonas[1].

Ce point essentiel étant fixé, la question suivante est de savoir ce qui distingue la baleine des autres poissons du point de vue des caractéristiques internes. Linné[2] a défini ces caractéristiques. Je dirai, en résumé : des poumons et un sang chaud, tandis que tous les autres poissons sont dépourvus de poumons et ont le sang froid.

Le cachalot est, sans doute possible, le plus gros habitant du globe ; au combat, le plus formidable adversaire ; le plus majestueux d'aspect ; et, de loin, celui qui possède la plus grande valeur commerciale, car c'est la seule créature dont on tire une substance inestimable, le spermaceti[3]. Il y a quelques siècles de cela, on croyait que le spermaceti était la liqueur séminale[4] de la baleine du Groenland. On peut aussi ajouter qu'en ces temps-là le spermaceti était excessivement rare, du fait qu'on ne l'utilisait pas pour l'éclairage, mais comme onguent[5] et médicament. On ne pouvait se le procurer que chez

1. Saint Jonas : prophète de l'Ancien Testament avalé par une baleine pour avoir désobéi à Dieu. Après avoir prié durant trois jours, il obtient le pardon de Dieu qui ordonne au cétacé de le recracher.
2. Carl von Linné (1707-1778) : naturaliste suédois, spécialiste des sciences naturelles.
3. Spermaceti : substance huileuse et blanche présente dans la cervelle des baleines.
4. Séminale : relatif à la semence du mâle.
5. Onguent : pommade.

les apothicaires[1]. Selon moi, lorsque plus tard la vraie nature du spermaceti fut mieux connue, les marchands conservèrent son nom primitif ; et sans doute l'idée de rareté si singulièrement attachée au terme servit-elle à augmenter la valeur de la chose.

La baleine franche est, sous un certain rapport, le plus vénérable des léviathans, puisque c'est le premier que l'homme ait systématiquement chassé. On en extrait l'article communément appelé « lame de fanon » ou « busc[2] », ainsi que l'huile dite de « baleine », produit commercial de qualité inférieure. Les gens de mer la désignent indifféremment par toutes sortes de noms : baleine, baleine du Groenland, baleine noire, grande baleine, vraie baleine, baleine franche. C'est la baleine que les Hollandais et les Anglais chassent dans les mers arctiques depuis plus de deux siècles, celle que les pêcheurs américains traquent depuis longtemps dans l'océan Indien, sur les bancs du Brésil, sur la côte du Nord-Ouest et dans diverses autres régions du monde, auxquelles ils donnent la dénomination de « Parages[3] de pêche de la baleine franche ».

Le rorqual commun est un monstre rencontré dans presque toutes les mers du monde sous diverses appellations – rorqual, grand souffleur, Long-John ; c'est aussi la baleine dont les voyageurs transatlantiques aperçoivent souvent le jet depuis le pont des paquebots de

1. Apothicaire : pharmacien (vieilli).
2. Busc : baleine de corset, tige qui rigidifie un vêtement en tissu résistant destiné à serrer la taille et le ventre des femmes.
3. Parages : employé au pluriel pour désigner une région maritime.

New York. Par la longueur qu'il peut atteindre et par ses fanons, le rorqual ressemble à la baleine franche, mais il est moins corpulent et d'une couleur plus claire, qui tire sur le vert olive. Ses grosses lèvres offrent l'aspect d'un câble, formées qu'elles sont par les replis obliques et torsadés de larges rides. Il se distingue principalement par un aileron dorsal qui a deux ou trois pieds de long et se dresse verticalement à l'extrémité du dos ; il a une forme triangulaire, avec une pointe très aiguë. On l'aperçoit parfois très nettement émergeant à la surface de l'eau, même lorsque tout le reste du corps de l'animal demeure invisible. Le rorqual n'a pas l'instinct grégaire[1]. Il semble haïr ses semblables, comme certains hommes haïssent le genre humain. Très timide, toujours solitaire, remontant inopinément[2] à la surface des eaux les plus reculées et les plus mornes, lançant très haut dans les airs un souffle unique et doué d'une puissance et d'une vitesse de nage qui découragent aujourd'hui toute poursuite. Du fait qu'il a la bouche garnie de fanons, le rorqual est quelquefois rangé aux côtés de la baleine franche, dans le groupe tout théorique dit des « baleines à fanons ».

La dénomination « baleines à fanons » nous amène à faire remarquer que si cette nomenclature[3] peut être pratique en ce qu'elle facilite la référence à certains types de cétacés, c'est en vain que l'on tenterait d'établir une classification claire fondée sur les fanons, la bosse, la nageoire ou les dents du cétacé.

1. Instinct grégaire : tendance à vivre en troupeau.
2. Inopinément : à l'improviste.
3. Nomenclature : inventaire.

Comment faire, alors ? Les fanons, la bosse, l'aileron dorsal et les dents se rencontrent indistinctement chez toutes sortes de baleines, quelle que puisse être par ailleurs la nature ou la structure de particularités plus essentielles. Chez diverses espèces de baleines, ces éléments se combinent de manière si irrégulière qu'il est rigoureusement impossible de dresser à partir de telles constatations un tableau tant soit peu méthodique.

L'épaulard, dont la respiration est fort sonore (ou plutôt le souffle) n'est pas communément classé parmi les baleines. Mais comme il possède toutes les formidables caractéristiques du léviathan, la plupart des naturalistes le reconnaissent comme tel. Il est de taille médiocre, comprise entre quinze et vingt-cinq pieds de long, et d'une corpulence correspondante. Il se déplace en troupe ; on ne le chasse pas de manière systématique, bien qu'il fournisse une quantité considérable d'huile d'assez bonne qualité pour l'éclairage. Certains pêcheurs considèrent sa présence comme annonciatrice de l'approche du majestueux cachalot.

La voracité de la baleine-hyène est bien connue, et le mouvement de ses lèvres, qui remontent aux commissures, lui fait un perpétuel rictus méphistophélique. Cette baleine a une longueur moyenne de seize ou dix-huit pieds, et on la rencontre sous presque toutes les latitudes. Elle a une façon très particulière de montrer en nageant son aileron dorsal crochu, qui fait songer à un nez romain. Lorsqu'ils n'ont pas d'occupation plus rémunératrice, les chasseurs de cachalot capturent quelquefois la baleine-hyène, afin de maintenir constante la réserve d'huile de qualité inférieure qu'ils consacrent aux usages domestiques.

Le narval, c'est-à-dire baleine à nez, est une baleine curieusement nommée, et qui doit d'avoir été ainsi baptisée, j'imagine, à sa corne singulière qu'on prenait sans doute, à l'origine, pour un long nez pointu. La créature est longue de seize pieds environ ; sa corne en mesure cinq en moyenne, mais peut atteindre dix pieds, voire quinze. Cette corne n'est qu'une défense allongée qui prend naissance dans la mâchoire et se développe selon une ligne oblique légèrement inclinée vers le bas. Il est difficile de dire à quelle nécessité précise répond cette corne ou lance d'ivoire. Certains pêcheurs m'ont dit que le narval s'en sert comme d'un râteau lorsqu'il cherche sa nourriture au fond de la mer. Selon Charley Coffin, elle fait office de piolet, car le narval, quand il remonte à la surface des eaux du Pôle qu'il trouve recouvertes d'une couche de glace, y enfonce sa corne d'une violente poussée, ce qui lui permet de passer au travers. Mais il est impossible de prouver la justesse de l'une et l'autre hypothèses. De la lecture de certains auteurs, il m'a semblé pouvoir déduire que cette corne de la licorne de mer était autrefois considérée comme un puissant contrepoison et que, de ce fait, les préparations qu'on en tirait atteignaient des prix considérables. On en obtenait par distillation un sel volatil pour les dames en pâmoison[1], comme on fait aujourd'hui une essence des bois du cerf.

1. Pâmoison : évanouissement.

Le narval est d'aspect fort pittoresque ; il fait penser au léopard à cause de la couleur laiteuse de sa peau parsemée de taches noires, rondes et oblongues. Son huile est de qualité supérieure, claire et très pure, mais il en donne peu, et on ne le pêche guère.

Quant au tueur, les pêcheurs de Nantucket ne savent pas grand-chose de précis sur cette baleine, et ceux qui se prétendent naturalistes en ignorent tout. D'après ce que j'ai pu en voir à distance, je dirais que sa taille est à peu près celle de l'épaulard. D'une grande sauvagerie, il arrive qu'il attrape les grandes baleines à la lèvre, où il reste suspendu comme une sangsue, harcelant le monstre jusqu'à ce que mort s'ensuive. On ne chasse pas le tueur. J'ignore quelle sorte d'huile il produit.

Il existe aussi un ramassis de baleines mal définies, éphémères, à demi fabuleuses. Je vais citer les noms qu'on leur donne sur le gaillard d'avant : la baleine nez-de-bouteille, la baleine jonque, la baleine pudding, la baleine du Cap, la baleine pilote, la baleine canon, la baleine raboteuse, la baleine cuivrée, la baleine-éléphant, la baleine polaire, la baleine-palourde, la baleine bleue, etc.

Concluons. Je laisse mon système cétologique inachevé. Ce livre tout entier n'est qu'une esquisse… même pas : l'esquisse d'une esquisse.

12

La table de la chambre

Il est midi. Boulette-de-farine, le maître d'hôtel, passe son pâle visage couleur de mie de pain par l'écoutille[1] de la chambre et annonce le dîner à son seigneur et maître, lequel, assis dans la baleinière sous le vent, vient d'effectuer une observation du soleil et calcule maintenant en silence sa latitude. Achab se hisse sur le pont et lance, d'un ton égal et sans joie :

– Dîner, monsieur Starbuck.

Et il disparaît dans la chambre.

Starbuck annonce à son tour, avec une note de jovialité dans la voix :

– Dîner, monsieur Stubb.

Et il s'engouffre dans l'écoutille.

Le deuxième émir[2] flâne un moment autour du gréement[3], puis entonne le refrain traditionnel :

– Dîner, monsieur Flask.

1. Écoutille : ouverture pratiquée dans le pont d'un bateau pour permettre l'accès à l'intérieur.
2. Émir : officier.
3. Gréement : ensemble du matériel servant à manœuvrer les voiles.

Sa formule rapidement débitée, il prend le chemin de ses prédécesseurs.

Assis à sa table incrustée d'ivoire, Achab présidait tel un lion de mer. Chaque officier attendait son tour d'être servi. Ils étaient, devant Achab, pareils à des enfants. Avec une seule et même extrême attention, ils suivaient le couteau du vieil homme découpant le plat de viande posé devant lui.

Ces repas se déroulaient avec une certaine solennité et dans un silence impressionnant. Ce n'est pas qu'à sa table le vieil Achab interdît toute conversation ; simplement, lui-même restait muet. Quel soulagement pour Stubb, au bord de la suffocation, quand un rat faisait soudain du tapage dans la cale ! Quant au pauvre petit Flask, le benjamin, le dernier-né de cette lugubre réunion de famille, c'était à lui que revenait l'os du jarret de bœuf salé ou le pilon ! Il se fût, moins que tout, risqué à se servir de beurre. Soit qu'il pensât que les armateurs le lui refusaient afin de ne pas gâter son teint clair ou qu'il estimât que le beurre était une denrée de grand prix à laquelle un subalterne tel que lui n'avait pas droit !

Autre chose. Flask, qui était le dernier à descendre à la table du dîner, était aussi le premier à la quitter. Starbuck et Stubb ont le privilège de pouvoir s'attarder. D'où cet aveu qu'il fit un jour en privé : depuis qu'il s'était élevé à la dignité d'officier, il n'avait pas cessé d'être plus ou moins tenaillé par la faim.

Le capitaine et ses trois lieutenants formaient ce qu'on peut appeler le premier service dans le carré du

Pequod. Après leur départ, les trois harponneurs étaient alors conviés au festin.

Par un curieux contraste, après la contrainte à peine supportable et l'invisible tyrannie qui régnaient à la table du capitaine, venaient l'insouciance, le sans-gêne et la totale liberté des harponneurs. Ils mangeaient comme des seigneurs ; ils remplissaient leur panse comme des navires des Indes en partance se chargent d'épices du matin au soir. Quiqueg et Tashtego avaient un si formidable appétit que, pour combler le vide creusé depuis le précédent repas, le pâle Boulette-de-farine devait souvent apporter un gros aloyau de bœuf salé. Et s'il ne mettait pas assez d'empressement à le préparer, Tashtego lui harponnait le derrière avec sa fourchette.

Mais venait enfin le moment où, pour sa plus grande joie, les trois guerriers de la mer se levaient et partaient.

Achab ne semblait pas différer de la plupart des capitaines baleiniers américains qui, dans leur ensemble, ont tendance à considérer que la chambre du navire leur appartient de plein droit. La fonction d'Achab le rendait inaccessible. Il vivait sur terre comme le dernier grizzli vécut dans le Missouri colonisé. L'âme d'Achab, enfermée dans le fût[1] évidé de son corps, rongeait maussadement les griffes de sa mélancolie.

1. Fût : partie du tronc d'un arbre.

13

Le gaillard d'arrière

Un matin, le petit déjeuner terminé, Achab monta comme à son habitude au pont par l'échelle de cabine.

On entendit bientôt son pas d'ivoire aller et venir d'un rythme régulier, tandis qu'il faisait sa ronde coutumière. Et il était si pénétré de sa pensée qu'à chaque demi-tour qu'il faisait, sans varier, au grand mât puis à l'habitacle[1], vous eussiez presque pu voir cette pensée tourner avec lui.

– Vous l'avez vu, Flask ? chuchota Stubb. Le poussin qui est en lui donne du bec dans la coquille. Il ne va pas tarder à sortir.

Les heures passaient. Achab était tantôt enfermé dans sa chambre, tantôt sur le pont qu'il arpentait, avec, dans son aspect, la même fanatique détermination. La fin du jour approchait. Il s'arrêta soudain près du pavois, ficha sa jambe d'ivoire dans le trou de tarière et, une main agrippant un hauban[2], il ordonna à Starbuck d'appeler à un rassemblement général à l'arrière.

1. Habitacle : poste de pilotage abritant l'équipage.
2. Hauban : cordage.

Lorsque l'équipage tout entier fut réuni, Achab quitta sa place et reprit ses pesantes allées et venues comme s'il n'y avait âme qui vive près de lui. Il continua ainsi, la tête penchée, le chapeau à demi rabattu sur les yeux, indifférent au murmure d'étonnement qui parcourait l'équipage. Stubb à la fin, dans un chuchotement discret, dit à Flask qu'Achab avait dû les rassembler pour assister à une marche d'endurance. Mais Achab fit encore quelques pas et, s'arrêtant brutalement, s'écria :

– Que faites-vous quand vous voyez une baleine, matelots ?

– On crie à plein gosier ! répondirent spontanément en chœur vingt voix.

– Bien, approuva Achab d'un ton âpre, en notant la joyeuse excitation dans laquelle les avait magnétiquement jetés sa question inattendue.

– Et que faites-vous ensuite, matelots ?

– On affale un canot, et sus à[1] la baleine !

Chaque cri rendait l'expression du vieil homme plus étrangement, plus joyeusement, plus véhémentement approbative.

– Vous les vigies[2], vous m'avez tous naguère entendu donner des ordres au sujet d'un cachalot blanc. Regardez bien ! Vous voyez ce doublon espagnol ?

Il tenait, levée dans le soleil, une grosse pièce d'or.

– Monsieur Starbuck, passez-moi ce maillet.

1. Sus à : à l'attaque.
2. Vigie : matelot chargé du poste d'observation.

Prenant le maillet, il s'avança vers le grand mât, brandissant le marteau d'une main et exhibant de l'autre le doublon ; puis, d'une voix forte, il s'écria :

– Celui d'entre vous qui me lèvera un cachalot à la tête blanche, avec un front ridé et une mâchoire tordue... celui d'entre vous qui lèvera ce cachalot à tête blanche, avec une queue percée de trois trous dans la nageoire tribord[1]... celui qui me lèvera ce cachalot blanc... celui-là, mes petits gars, aura la pièce d'or !

– Hourra ! Hourra ! crièrent les marins, au moment où l'or fut cloué au mât.

Tout ce temps, Tashtego, Daggou et Quiqueg l'avaient observé avec un étonnement et un intérêt plus vifs que les autres et, à la mention du front ridé et de la mâchoire tordue, ils avaient tressailli comme si chacun d'eux avait été personnellement touché par un souvenir particulier.

– Capitaine Achab, dit Tashtego, ce cachalot blanc doit être celui que certains appellent Moby Dick.

– Moby Dick ? hurla Achab. Tu connais donc le cachalot blanc, Tash ?

– Est-ce qu'il agite pas la queue de façon bizarre, comme un éventail, monsieur, avant de sonder[2] ?

– Et il a pas aussi un souffle bizarre, très épais, même pour un spermaceti, interrogea Daggou, et prodigieusement rapide, capitaine Achab ?

– Et il avoir aussi beaucoup de fers dans le cuir,

1. Tribord : droite.
2. Sonder : plonger, pour les cétacés.

capitaine, s'écria Quiqueg, en une phrase saccadée, tout entre… tor… tordus comme… comme… (il cherchait éperdument le mot et faisait le geste de tourner la main comme s'il débouchait une bouteille), comme un t…

– … tire-bouchon ! lança Achab. Oui, Quiqueg, il a dans le corps des harpons tordus et tortillés ; oui, Daggou, son souffle est considérable, gros comme une meule de blé, blanc comme une montagne de laine de Nantucket après la tonte annuelle des moutons ; oui, Tashtego, sa queue s'agite comme un foc[1] qui a rompu son écoute dans la tempête. Par tous les diables ! C'est Moby Dick que vous avez vu, mes garçons !

– Capitaine Achab, dit Starbuck, j'ai entendu parler de Moby Dick… N'est-ce pas Moby Dick qui vous a arraché votre jambe ?

– Oui, Starbuck, oui, mes braves, c'est Moby Dick qui m'a démâté[2] ; c'est à Moby Dick que je dois de me tenir debout sur ce moignon mort. Oui, oui, hurla-t-il, soudain secoué d'un sanglot terrible. Oui, oui ! c'est ce maudit cachalot blanc qui m'a rasé la mâture[3] et a fait de moi un béquillard empoté jusqu'à la fin des temps !

Levant alors les deux bras vers le ciel, il continua, dans un déchaînement d'imprécations[4] :

– Et je le pourchasserai au-delà du cap de Bonne-Espérance, au-delà du cap Horn, au-delà du maelström

1. Foc : voile à l'avant du bateau.
2. Démâté : privé d'un ou plusieurs mâts de façon violente.
3. Mâture : ensemble des mâts du bateau.
4. Imprécation : malédiction.

de Norvège[1], au-delà des flammes de l'enfer, mais je ne renoncerai pas ! Et c'est pour cela que vous êtes à ce bord, matelots, pour chasser ce cachalot blanc sur les deux océans, d'un bout à l'autre du globe, jusqu'à ce qu'il souffle du sang noir et roule sur son flanc. Qu'en dites-vous, mes hommes, vous allez me prêter vos mains, non ? Vous me semblez tous avoir la vaillance qu'il faut.

– Oui, oui ! crièrent les harponneurs et les marins en s'approchant rapidement du vieil homme au comble de l'excitation.

– Dieu vous bénisse ! prononça-t-il d'une voix où le cri se mêlait au sanglot. Dieu vous bénisse, marins. Maître d'hôtel, allez tirer la grande mesure de grog[2] ! Mais pourquoi cette mine allongée, Starbuck ? Tu ne veux donc pas chasser le cachalot blanc ? Tu ne te sens pas de taille à affronter Moby Dick ?

– Je suis de taille à affronter sa mâchoire tordue, capitaine Achab, et même les mâchoires de la male-mort[3] si la chose doit se produire au cours de notre campagne de pêche ; mais je suis ici pour chasser des baleines, non pour exercer la vengeance de mon commandant. Combien de barriques d'huile tireras-tu de ta vengeance, capitaine Achab, en supposant même que tu l'assouvisses ? Elle ne te rapportera pas grand-chose sur le marché de Nantucket.

1. Maelström de Norvège : puissant tourbillon marin.
2. La grande mesure de grog : le plus grand pot en étain pour boire cette boisson chaude faite d'eau sucrée, d'alcool et de citron.
3. Malemort : mort brutale et violente (vieilli).

– Le marché de Nantucket ! Pouah ! Approche un peu, Starbuck, ma vengeance produira de gros bénéfices *ici* !

– Il se frappe la poitrine, murmura Stubb.

– Te venger d'une brute qui ne t'a frappé que par le plus aveugle des instincts ! s'exclama Starbuck. Folie ! Déchaîner sa fureur contre un simple animal me semble un blasphème, capitaine Achab !

– Écoute donc… Ces hommes, ne vois-tu pas qu'ils ne forment avec Achab, dans cette histoire de cachalot, qu'une seule et même personne ? Regarde Stubb : il rit ! Regarde le Chilien, là-bas : il s'ébroue de plaisir à cette seule idée ! Secoué de la sorte, l'arbrisseau solitaire que tu es, Starbuck, ne pourra rester debout dans l'ouragan général. Quoi ! La perspective d'une malheureuse chasse ferait reculer la meilleure lance de Nantucket, quand tous les marins viennent d'empoigner leur pierre à aiguiser ? Ah !… des forces intérieures te tiennent en lisières… Je vois… la lame te soulève. Parle, parle donc ! Alors… c'est ton silence qui parle pour toi

– Dieu me préserve… nous préserve tous ! murmura Starbuck, très bas.

Mais tout à sa joie d'avoir recueilli le consentement tacite[1] du second, Achab n'entendit pas cette invocation prémonitoire.

– La mesure, la mesure ! cria Achab.

Ayant reçu le pot d'étain plein à ras bord, il se tourna vers les harponneurs et leur ordonna de présenter leur

1. Tacite : convenu entre les personnes, inexprimé.

harpon. Puis il les fit s'aligner devant lui près du cabestan[1], leur arme à la main, tandis que ses trois lieutenants se tenaient à ses côtés avec leur lance et que l'équipage formait un cercle autour de ce groupe ; il demeura un instant à fouiller du regard le visage de chacun de ses hommes.

– Bois et fais passer ! cria-t-il au marin le plus proche en lui tendant le quart pesamment empli. C'est brûlant comme le sabot de Satan. Oui, parfait… le pot circule comme il faut. Ce rhum descend en vous comme une vrille, vous met dans le regard la hargne venimeuse du serpent. Très bien… presque vide. Maître d'hôtel, remplis-le à nouveau ! Avancez, mes lieutenants ! Croisez vos lances devant moi. Très bien ! Laissez-moi toucher leur centre.

Ce disant, il tendit le bras, saisit au point où elles se croisaient les trois lances horizontales disposées en rayons, et leur donna une secousse brutale, sans cesser de promener son regard attentif de Starbuck à Stubb, puis de Stubb à Flask. Les trois lieutenants reculèrent devant la puissance de ce visage mystérieusement concentré. Stubb et Flask détournèrent les yeux ; l'honnête Starbuck baissa les siens.

– Buvez, harponneurs ! Buvez et jurez, mes hommes, vous qui armez l'avant de la pirogue meurtrière – mort à Moby Dick ! Dieu nous prenne tous en chasse, si nous ne chassons pas Moby Dick à mort !

1. Cabestan : treuil vertical qui, placé sur le pont, permet de remonter l'ancre et son cordage.

Les longs godets à barbes d'acier furent levés, et, dans un tumulte de cris et d'imprécations contre le cachalot blanc, vidés simultanément à longs traits sifflants.

Starbuck pâlit et se détourna en tremblant. Le pot, empli à nouveau, circula une dernière fois à la ronde parmi les hommes en délire. Sur un signe que fit Achab de sa main libre, tous se dispersèrent ; lui se retira dans sa cabine.

14

Moby Dick

J'étais, moi, Ismaël, l'un de ces hommes d'équipage. J'étais entraîné par une mystérieuse et véhémente sympathie ; la haine d'Achab était devenue mienne. J'écoutai d'une oreille avide l'histoire de ce monstre sanguinaire dont j'avais, avec tous les autres, juré de me venger par la mort.

Depuis un certain temps, le cachalot blanc fréquentait ces eaux barbares où ne s'aventurent que les pêcheurs de cachalots. Seul un petit nombre d'entre eux l'avaient aperçu et savaient qui il était ; quant à ceux qui l'avaient attaqué, leur nombre était infime.

Il faisait peu de doute que les témoignages de plusieurs navires rapportant avoir rencontré un cachalot d'une taille et d'une malignité[1] peu communes, qui, après avoir causé de terribles ravages parmi ses assaillants, leur avait complètement échappé – il était vraisemblable que ce cachalot fût Moby Dick. Mais ces pêcheurs se contentaient, pour la plupart, d'expliquer

1. Malignité : capacité à nuire, à faire du mal.

la terreur très singulière que Moby Dick inspirait par les dangers de la pêche cachalotière en général, plutôt que d'en chercher la cause dans une créature particulière.

C'est d'ailleurs ainsi que le plus grand nombre considérait l'affrontement désastreux d'Achab et du cachalot. Quant à ceux qui, après avoir entendu parler du cachalot blanc, l'avaient aperçu par hasard, presque tous, au début, avaient vaillamment affalé les pirogues, comme pour n'importe quelle baleine de cette espèce. Mais à la fin, il résulta de ces assauts tant de calamités – non pas seulement des poignets et des chevilles foulés, des membres brisés ou amputés à coups de mâchoire, mais des accidents fatals, et, chaque désastre ajoutant ses terreurs au précédent, Moby Dick devint un tel objet d'épouvante que la bravoure de maint hardi chasseur en fut désormais ébranlée.

La pêche baleinière l'emporte sur toutes les autres pêches pour ce qui est du caractère merveilleux ou horrifique des récits qui s'y content parfois. Non contents de se trouver face à face avec ses plus grands prodiges, les baleiniers leur livrent combat, main contre mâchoire.

Rien d'étonnant, dès lors, si les bruits concernant le cachalot blanc finirent par s'enrichir de toutes sortes d'allusions morbides[1] et de références plus ou moins bien définies à des opérations surnaturelles, qui achevèrent d'investir Moby Dick d'un pouvoir de terreur inouï.

Parmi les notions extravagantes évoquées plus haut, il y avait la croyance surnaturelle en son don

1. Morbides : malsaines.

d'ubiquité[1] : on l'avait bel et bien rencontré au même moment sous deux latitudes opposées…

Toute crédulité mise à part, l'idée n'était pas entièrement dépourvue d'une vague apparence de vraisemblance car, si les secrets des courants marins n'ont pas encore été révélés, les voies cachées qu'emprunte le cachalot quand il nage sous la surface demeurent elles aussi en grande partie incompréhensibles, en particulier pour ce qui concerne les mystérieux moyens dont il use, pour se transporter à une si prodigieuse vitesse jusqu'à des lieux excessivement éloignés.

Contraints à un commerce familier avec de semblables prodiges, et sachant que le cachalot blanc avait échappé sain et sauf à des attaques intrépides et répétées, comment s'étonner que certains baleiniers soient allés plus loin dans leurs superstitions et aient pu prétendre que Moby Dick était non seulement doué d'ubiquité mais aussi d'immortalité, et que, quand bien même ses flancs seraient hérissés de lances, il s'enfuirait indemne ?

L'aspect physique du monstre suffisait amplement à frapper les imaginations avec une force inhabituelle. En effet, il se distinguait des autres cachalots non pas tant par sa taille peu commune, que par son singulier front ridé, blanc comme neige, ainsi que par une haute bosse blanche en forme de pyramide.

Le reste de son corps était à ce point couvert de rayures, de taches et de marbrures de cette même

1. Ubiquité : présence en plusieurs lieux à la fois.

couleur de linceul, qu'il avait fini par recevoir ce nom particulier – le cachalot blanc –, que justifiait pleinement son aspect éclatant lorsqu'on le découvrait sous le soleil de midi, glissant sur l'azur profond des eaux, et laissant dans son sillage d'écume crémeuse toute une voie lactée constellée de paillettes d'or.

Ce n'était cependant pas tant sa taille extraordinaire, ni sa singulière couleur ou même sa mâchoire inférieure déjetée[1] qui faisaient du cachalot un objet de terreur, que cette malignité intelligente, inouïe, dont, selon des relations détaillées, il avait fait preuve dans maint assaut. Ses fuites traîtresses, surtout, semaient l'épouvante, car on l'avait vu plus d'une fois, au moment où sa nage semblait présenter à ses poursuivants triomphants toutes les apparences de la plus grande frayeur, faire soudain volte-face et fondre sur eux, fracasser leurs pirogues ou les contraindre à une retraite éperdue jusqu'à leur navire.

Déjà plusieurs accidents fatals s'étaient produits durant ces affrontements. La férocité qui animait le cachalot blanc semblait avoir été si diaboliquement préméditée que l'on avait quelque mal à admettre que chaque mutilation ou chaque mort qu'il causait était l'œuvre d'une brute totalement dépourvue de raison.

Ses trois baleinières défoncées autour de lui, les hommes et les avirons tournoyant dans les remous, un capitaine s'était jeté sur le cachalot et cherchait aveuglément à atteindre, au bout d'une lame longue de six

1. Déjetée : déformée.

pouces, l'organe vital de l'animal enfoui à une brasse[1] de profondeur. Ce capitaine était Achab. Et c'est alors que, lançant brusquement sous lui la faucille[2] de sa mâchoire, Moby Dick faucha la jambe d'Achab comme le moissonneur une feuille d'herbe dans un champ. On comprend sans mal que, depuis cette rencontre presque fatale, Achab ait nourri envers le cachalot un désir éperdu de vengeance.

En se jetant sur le monstre, il n'avait fait que céder à une violente et âpre colère, toute physique. Mais lorsqu'il fut contraint de prendre le chemin du retour et que, pendant de longs mois faits de longs jours et de longues semaines, Achab et son angoisse demeurèrent allongés côte à côte dans un même hamac, doublant en plein hiver le sinistre et tempétueux cap de Patagonie – c'est alors seulement que son corps en lambeaux et son âme blessée mêlèrent leurs ruisseaux de sang, causant par ce mélange sa démence.

Par intervalles durant la traversée, il était pris d'accès de folie furieuse ; et bien que privé d'une jambe, ses lieutenants durent le ligoter fermement dans sa couchette alors qu'il divaguait en plein océan. Serré dans sa camisole de force, il connut le bercement furieux des tempêtes.

Quand le navire eut gagné des latitudes plus clémentes, le vieil homme sembla bien avoir laissé son délire derrière lui avec les houles du cap Horn ; quittant

1. Brasse : ancienne mesure de longueur maritime équivalant à 1,60 mètre environ.
2. Faucille : outil composé d'une lame courbée et tranchante, utilisé pour couper les céréales.

son antre sombre, il remonta vers la lumière et l'air du grand jour. Pourtant, alors même qu'il montrait un front résolu et recommençait à donner ses ordres posément, Achab, au plus secret de son âme, délirait toujours.

La folie humaine est, souvent, chose féline et rusée. Quand on croit qu'elle s'en est allée, elle n'est peut-être que changée en une forme plus subtile. La démence d'Achab ne s'était pas calmée, mais concentrée en profondeur.

Toutefois, il réussit si bien à feindre que lorsqu'il descendit à quai sur sa jambe d'ivoire, aucun habitant de Nantucket ne vit en lui autre chose qu'un homme souffrant, accablé par son terrible accident.

Quoi qu'il en soit, une chose est sûre : Achab s'était très délibérément embarqué pour le présent voyage avec pour seul et obsédant dessein de chasser le cachalot blanc.

Tel était donc le vieil homme, aux tempes grisonnantes, qui poursuivait de sa malédiction, sur tous les océans du monde, un léviathan, à la tête d'un équipage composé pour la plus grande part d'un ramassis de renégats, de parias[1] et de cannibales, moralement affaibli par l'impuissance de Starbuck, l'indifférence et l'insouciance incurablement joviales de Stubb, et l'absolue médiocrité de Flask. Pareil équipage, mené par de tels officiers, paraissait avoir été spécialement et soigneusement constitué par une fatalité infernale pour l'aider à satisfaire sa manie vengeresse.

1. Renégat, paria : le renégat est un déserteur ; le paria est un exclu.

Pour moi, cessant de résister, je m'abandonnai aux séductions du lieu et de l'heure ; mais, si impatient que je fusse de livrer combat au cachalot, je ne pouvais voir en cette brute que le plus funeste des fléaux[1].

C'était la blancheur du cachalot qui, plus que tout, m'emplissait d'épouvante. Comment parviendrai-je à m'expliquer là-dessus ?

Voyez l'ours blanc des pôles et le requin blanc des tropiques : d'où vient l'horreur transcendante[2] qu'ils inspirent, sinon de la lisse et floconneuse blancheur de leur robe ? Quel est l'élément qui, chez un albinos, suscite une répugnance si particulière et, souvent, scandalise l'œil au point que l'homme est parfois haï de sa propre famille ? C'est la blancheur de sa peau, qu'exprime le nom qu'il porte.

L'expérience commune et ancestrale du genre humain ne manque pas, elle non plus, en certains cas, de témoigner du caractère surnaturel de cette couleur. On ne saurait contester que la qualité visible qui effraie le plus dans le spectacle d'un mort soit son inaltérable blancheur de marbre, comme si, en vérité, cette pâleur était tout autant un insigne[3] d'effroi dans l'autre monde que de mortelle agitation ici-bas. À cette lividité des morts nous empruntons la si expressive teinte du suaire[4] dans lequel nous les enveloppons. De ce même manteau

1. Fléau : catastrophe.
2. Transcendante : sublime, exceptionnelle.
3. Insigne : marque.
4. Suaire : linceul.

de céruse[1], nos superstitions nous font habiller nos fantômes – et ces spectres surgissent invariablement dans une brume laiteuse.

Serait-ce que, par son caractère indéfini, la blancheur nous fait pressentir la cruauté des vides immenses de l'univers, et que nous recevons ainsi l'idée de l'anéantissement, lorsque nous contemplons les blanches profondeurs de la Voie lactée ? Ou bien que la blancheur étant, dans son essence, moins une couleur que l'absence visible de couleur, et en même temps le mélange de toutes – serait-ce pour ces raisons qu'un paysage sous la neige nous offre à perte de vue l'image d'un monde effacé, muet, et pourtant si riche de sens ?

De toutes ces choses, le cachalot albinos était le symbole. Faut-il s'étonner, dès lors, que la chasse fût ardente ?

1. Céruse : colorant blanc à base de plomb utilisé en peinture.

15

La carte

Si vous aviez suivi le capitaine Achab dans sa cabine la nuit où il fit frénétiquement ratifier[1] son projet par son équipage, vous l'auriez vu sortir un large rouleau de cartes marines jaunies et ridées, et les étaler devant lui sur sa table vissée au plancher. Vous auriez pu ensuite l'observer, assis, qui étudiait attentivement des routes nouvelles sur des zones jusqu'alors vierges. De temps à autre, il consultait de vieux livres de bord empilés près de lui, dans lesquels étaient consignés les saisons et les lieux où des navires avaient, lors de précédents voyages, aperçu ou capturé des cachalots.

La lourde lampe d'étain suspendue au-dessus de sa tête ne cessait d'osciller au rythme des mouvements du navire, faisant danser des traits d'ombre et de lumière sur son front ridé. On eût dit qu'en même temps qu'il couvrait de lignes et de routes ses cartes plissées, une plume invisible dessinait des lignes et des routes sur la carte crevassée de son front.

1. Ratifier : valider.

À vrai dire, il les sortait presque chaque soir, et presque chaque soir effaçait des traits de crayon, qu'il remplaçait par d'autres. Achab, grâce à sa science de la direction des courants et des marées, déduisait les déplacements de la nourriture du cachalot et, prenant également en compte les saisons où, sous des latitudes données, l'on était sûr de pouvoir le chasser, était en mesure de déterminer avec une certaine probabilité, voire une quasi-certitude, le jour le plus favorable à la rencontre de sa proie sur tel ou tel lieu de pêche.

De fait, le retour régulier du cachalot dans certains parages est une chose à ce point établie que de nombreux chasseurs pensent que, si l'on pouvait le suivre et l'étudier dans sa course à travers les océans, et comparer soigneusement les livres de bord de toute la flotte baleinière pendant une seule et même campagne, on découvrirait alors que les migrations du cachalot sont aussi immuables que celles des bancs de harengs ou des volées d'hirondelles.

En outre, lorsqu'ils se transportent d'un pâturage à un autre, les cachalots, guidés par un instinct infaillible, ou plutôt par un savoir secret, suivent une route d'une si merveilleuse exactitude qu'aucun navire n'a jamais pu, en s'aidant de ses cartes, mener sa course avec le dixième de cette précision. En conséquence, si l'on emprunte cette route à certaines saisons sans s'écarter de ses bords, on a toutes chances d'y croiser des baleines en migration.

Mais si Moby Dick avait été aperçu antérieurement dans ce qu'on appelle les champs de pêche des

Seychelles[1], dans l'océan Indien, par exemple, ou dans la baie des Volcans au Japon, tous ces endroits semblaient n'être que des relais, des auberges marines pour ainsi dire ; il n'y faisait pas de séjour prolongé.

Le lieu et le moment précis qu'Achab visait étaient réunis en une seule et même dénomination technique : la « Saison sur la Ligne ». Car c'était dans ces parages et à cette époque que, pendant plusieurs années consécutives, on avait périodiquement aperçu Moby Dick. C'était dans ces eaux, également, qu'avaient eu lieu la plupart des affrontements meurtriers avec le cachalot blanc, là que les vagues disaient l'histoire de ses exploits, là enfin, dans cette arène tragique, que le vieil homme avait trouvé le motif terrible de sa vengeance.

Mais le *Pequod* ayant appareillé de Nantucket au tout début de la Saison sur la Ligne, tous les efforts du monde n'auraient pas permis à son commandant d'effectuer ce grand voyage dans l'hémisphère Sud, de doubler le cap Horn, puis de courir soixante degrés de latitude afin d'arriver dans le Pacifique équatorial à temps pour y croiser. Il lui fallait donc attendre la saison suivante. Achab avait devant lui trois cent soixante-cinq jours et nuits qu'il pourrait employer à chasser ici et là, au cas où le cachalot blanc, passant ses vacances dans des eaux très éloignées de ses pâtures habituelles, viendrait à montrer son front ridé dans le golfe Persique[2] ou la

1. Seychelles : ensemble de cent quinze îles au large de l'Afrique orientale.
2. Golfe Persique : golfe de l'océan Indien qui sépare l'Iran de l'Arabie.

baie du Bengale[1], ou encore les mers de Chine, ou toute autre région fréquentée par ses semblables.

Mais tout cela étant admis, n'y a-t-il pas quelque folie à croire qu'une baleine solitaire puisse être reconnue par son chasseur ? Non, car le front neigeux si particulier de Moby Dick et sa bosse tout aussi blanche constituaient des caractéristiques infaillibles.

Les façons impétueuses du chasseur de baleines étaient sans doute trop ancrées dans son être profond pour qu'Achab renonçât tout à fait à poursuivre la campagne prévue.

La ruse, dans sa folie touchant Moby Dick, lui faisait pressentir qu'il fallait tenir cachée dans l'ombre toute l'horreur prévisible du voyage, et offrir à ses officiers et à ses hommes, lorsqu'ils assuraient leurs longs quarts de nuit, des sujets de méditation moins distants que Moby Dick.

Car si le barbare équipage avait salué avec ardeur et impétuosité l'annonce de la chasse, il n'en demeurait pas moins que ces êtres étaient comme tous les marins – plus ou moins capricieux, peu sûrs, et qu'il est essentiel que, dans l'entretemps, des intérêts et des activités de peu de durée les tiennent sainement en haleine jusqu'à l'assaut final.

Une dernière considération invitait Achab à la prudence. Ayant révélé, peut-être prématurément, le but principal, mais tout personnel, du voyage du *Pequod*,

1. Baie du Bengale : la plus grande baie du monde, au nord-est de l'océan Indien.

Achab s'était exposé à l'accusation – difficilement réfutable[1] – d'usurpation[2], et son équipage pouvait donc, en toute impunité[3], refuser de continuer à lui obéir, et même lui arracher par la violence le commandement du navire.

Achab voyait donc clairement qu'il lui fallait respecter les us et coutumes de sa profession, et même se forcer à afficher l'intérêt passionné qu'on lui savait porter à cette dernière. On entendait désormais souvent sa voix héler les trois vigies aux pommes de mâts[4], les exhortant à ouvrir tout grands leurs yeux et à signaler tout ce qu'ils verraient, fût-ce un marsouin.

Cette vigilance fut bientôt récompensée.

1. Réfutable : qui peut être remis en question.
2. Usurpation : action de s'attribuer une chose à laquelle on ne peut prétendre.
3. Impunité : absence de punition.
4. Pomme de mât : petit bloc en bois situé à l'extrémité supérieure d'un mât.

16

La première mise à la mer

Cette après-midi-là, le ciel était couvert et la chaleur accablante ; les matelots traînaient paresseusement sur le pont. Quiqueg et moi étions occupés à tresser ce qu'on appelle un paillet[1], destiné à fournir un amarrage supplémentaire à notre pirogue. La scène, pourtant si paisible et comme en demi-teinte, semblait n'être qu'un prélude à autre chose.

Nous étions occupés de la sorte à cet interminable tissage lorsqu'un son étrange me fit tressaillir. Ce fou de Tashtego, impétueusement penché en avant, tendait le bras et poussait ses cris à brefs et brusques intervalles.

– Souffle là ! Là ! là ! là ! Souffle là !

– Où ?

– Par le travers sous le vent, à deux milles[2] environ ! Toute une gamme !

Le cachalot souffle avec la régularité du tic-tac d'une horloge, la même impeccable constance. C'est d'ailleurs

1. Paillet : natte pour protéger d'éventuels frottements.
2. Mille (marin) : unité de mesure de navigation, 1 852 mètres environ.

par ce moyen que les pêcheurs de baleine distinguent ce poisson des autres tribus de son espèce.

– Sonde là ! lança alors Tashtego, et les cachalots disparurent.

– Vite, maître d'hôtel ! cria Achab. L'heure ! L'heure !

Boulette-de-farine se précipita dans la cabine, jeta un coup d'œil à la montre et remonta donner l'heure exacte à Achab.

On mit en panne[1], laissant le navire marcher doucement vent en poupe[2]. Tashtego ayant signalé que les cachalots avaient sondé sous le vent, nous attendions avec confiance de les voir réapparaître à notre avant. L'un des hommes affectés à la garde du navire avait alors déjà remplacé l'Indien à la pomme du grand mât. Les matelots des mâts de misaine et d'artimon[3] étaient descendus ; on installa les bailles[4] à ligne à leur place ; et les trois pirogues se balancèrent au-dessus des eaux, telles des corbeilles de fenouil de mer au-dessus de hautes falaises.

À l'extérieur des pavois, les équipages impatients attendaient, une main agrippant la lisse, le pied posé sur le plat-bord[5]. C'est ainsi que sont alignés les marins des navires de guerre sur le point de se lancer à l'abordage d'un bâtiment ennemi.

Mais à cet instant critique une soudaine exclamation

1. Mit en panne : stoppa le bateau.
2. Poupe : arrière du navire.
3. Mâts de misaine et d'artimon : mât avant et mât arrière.
4. Baille : sorte de caisson en bois.
5. Plat-bord, lisse : le plat-bord est le bastingage, rempart ; la lisse, la partie plate au-dessus.

se fit entendre, qui détacha tous les regards du cachalot. Avec un sursaut, les yeux écarquillés, tous contemplaient maintenant le sombre Achab flanqué de cinq noirs fantômes qui semblaient s'être à l'instant matérialisés devant eux.

Les fantômes – car tels ils parurent alors – s'étaient déjà coulés de l'autre côté du pont et, avec des gestes vifs, en silence, larguaient les palans et les saisines[1] de la baleinière qui s'y balançait.

Celle-ci avait toujours été considérée comme une embarcation de rechange, bien qu'elle eût reçu le nom technique de « canot du capitaine », à cause de sa position à tribord arrière. Le personnage qui se tenait maintenant à sa proue était grand et basané ; entre ses lèvres d'acier saillait une dent blanche. Il était vêtu d'une veste chinoise de coton noir froissée et d'un ample pantalon taillé dans la même étoffe sombre. Mais curieusement, un turban d'une blancheur éclatante couronnait cet ébène : sa crinière, tressée et enroulée plusieurs fois sur sa tête. Les compagnons de cet individu avaient le teint vif, jaune roux du tigre, particulier aux indigènes de Manille[2].

Tandis que l'équipage, stupéfait, continuait à fixer ces inconnus, Achab lança au vieil homme enturbanné qui les commandait :

– Tout est paré, Fedallah ?

– Paré, lui fut-il répondu dans un sifflement.

1. Palan, saisine : le palan est l'appareil de levage qui sert à border les voiles ; la saisine, le cordage servant à les fixer.

2. Indigène de Manille : qui est né à Manille, capitale des Philippines.

– Alors, mettez à la mer, là-bas. Vous m'entendez ?

Il y avait un tel tonnerre dans sa voix que, malgré leur ébahissement, les hommes se précipitèrent et les trois baleinières tombèrent lourdement à la surface de l'eau, tandis que les matelots sautaient du flanc incliné du navire dans les embarcations secouées par la houle.

À peine avaient-ils débordé[1] sous le vent du navire qu'une quatrième pirogue, venant du côté du vent, vira sous la poupe ; on pouvait y voir les cinq inconnus aux avirons ; Achab, dressé à l'arrière, ordonna d'une voix forte à Starbuck, Stubb et Flask de se déployer largement afin de couvrir la plus vaste étendue d'eau possible. Mais, les yeux de nouveau rivés sur la silhouette basanée de Fedallah et son équipage, les canotiers des autres pirogues n'obéirent pas à l'ordre donné.

– Capitaine Achab…, dit Starbuck.

– Déployez-vous ! cria Achab. Nagez partout, les quatre pirogues.

– Nagez, nagez, mes braves ; souquez[2], mes petits chéris ; souquez, mes tendres poussins, murmurait Stubb d'une voix traînante et apaisante à ses hommes, dont certains montraient toujours des signes d'inquiétude. Que regardez-vous ainsi ? Ces types dans la pirogue ? Allons ! Ce ne sont que cinq marins de plus venus nous prêter main-forte, et peu importe d'où ils sortent… Plus on est de fous, plus on rit. Allongez la nage… et souquez ferme à tout casser ! Le diable vous emporte, vauriens,

1. Débordé : quitté le bord d'un navire (pour des embarcations).
2. Nagez, souquez : ramez ; tirez sur les avirons.

voyous ! Cessez de ronfler, espèces d'endormis, et tirez ! Allons, mieux encore ! Allez, faites-moi avancer cette pirogue ! Faites-la donc voler, mes chers canotiers si bien aguerris !

Stubb avait une façon assez particulière de s'adresser à ses hommes. Il leur disait les choses les plus terribles sur un ton qui mêlait si curieusement la farce à la fureur que nul canotier ne pouvait entendre ces invocations saugrenues sans tirer sur l'aviron comme si sa vie en dépendait, tout en continuant à nager par goût de la plaisanterie. En outre, il manœuvrait son aviron de queue d'un geste si indolent et bâillait avec un tel abandon, que la seule vue d'un officier en train de se décrocher la mâchoire agissait, par simple contraste, comme un véritable charme sur les hommes.

Conformément à un signe d'Achab, Starbuck s'avançait obliquement en direction de l'avant de Stubb ; et lorsque les deux pirogues furent assez proches l'une de l'autre, Stubb héla le second.

– Monsieur Starbuck ! Ohé, du canot à bâbord[1] ! Un mot, monsieur, s'il vous plaît ! Que pensez-vous de ces types au teint de citron, monsieur ?

– Embarqués clandestinement, d'une manière ou d'une autre, avant qu'on ne lève l'ancre. Une pénible affaire, monsieur Stubb !... mais peu importe, tout est pour le mieux. Que vos hommes souquent ferme, et advienne que pourra. Il y a des barils d'huile de cachalot en perspective, monsieur Stubb, et c'est pour cela que

1. Bâbord : en regardant vers l'avant, partie gauche d'un bateau.

vous êtes ici… L'huile, c'est l'huile qui compte ! Là est notre devoir, c'est sûr ; le devoir et le profit vont main dans la main !

– Oui… c'est bien ce que je pensais, soliloqua[1] Stubb lorsque les canots se furent séparés. Ils étaient donc bien cachés en bas… Le cachalot blanc est au fond de toute cette histoire. Bon… ainsi soit-il. Il n'y a rien à faire. Allons, du nerf, les gars ! Aujourd'hui n'est pas le jour du cachalot blanc ! Souquez ferme !

Pendant ce temps, Achab, hors de portée de voix de ses officiers, continuait à tenir la tête des autres baleinières, ce qui indiquait assez combien était vigoureux son équipage de canotiers. Ses cinq gaillards couleur de tigre semblaient être tout acier et fanon de baleine. Fedallah, qu'on pouvait voir manœuvrant l'aviron du harponneur, avait ôté sa tunique noire, et sa poitrine nue et la partie de son corps au-dessus du plat-bord se détachaient clairement sur l'horizon liquide. Achab, à l'autre extrémité de la baleinière, maniait d'un bras ferme son aviron de queue comme il l'avait fait des milliers de fois avant sa rencontre mutilante avec le cachalot blanc. Tout à coup, le membre tendu fit un mouvement singulier et s'immobilisa, tandis que les cinq rameurs mâtaient[2] leurs avirons simultanément. Pirogue et équipage demeurèrent ainsi sans bouger sur l'eau. Les trois embarcations déployées à l'arrière s'arrêtèrent aussitôt. Les cachalots avaient plongé et,

1. Soliloqua : se parla à soi-même.
2. Mâtaient : dressaient verticalement comme des mâts.

irrégulièrement dispersés sous la surface, ne donnaient à voir aucun signe qui pût à distance trahir leur présence, mais Achab, qui se trouvait plus près, avait observé ce manège.

– Chacun surveille son aviron ! lança Starbuck. Et toi, Quiqueg, debout !

D'un bond souple, le sauvage se projeta sur la plate-forme triangulaire surélevée de l'avant où il se tint planté tout droit, fixant d'un regard brûlant d'impatience l'endroit où le gibier avait été aperçu pour la dernière fois.

Non loin de là, la pirogue de Flask s'était aussi immobilisée et l'équipage retenait son souffle ; son chef se tenait témérairement debout sur le taberin, une forte pièce de construction enracinée dans la quille et qui s'élève à quelque deux pieds au-dessus du niveau de la plate-forme de poupe. Le taberin sert à enrouler la ligne avec laquelle la baleine est harponnée.

– Je n'y vois pas à trois vagues de distance ; mâtez-moi un aviron, vous, que je grimpe dessus.

À ces mots, Daggou, se tenant des deux mains au plat-bord pour ne pas perdre l'équilibre, se faufila promptement jusqu'à l'arrière et là, se redressant, lui offrit le piédestal de ses hautes épaules.

– Une tête de mât aussi bonne qu'une autre, monsieur. Voulez-vous monter ?

– Et comment donc ! Merci beaucoup, mon ami. Mais je regrette que tu n'aies pas cinquante pieds de plus.

Flask était maintenant debout dans les airs et Daggou, le bras levé, lui fournissait une sorte de rampe sur laquelle s'appuyer et assurer son équilibre. Voir le petit Flask grimpé sur les épaules du monumental Daggou était une chose étrange, car sur son large dos, Flask, avec ses cheveux de lin, semblait un flocon de neige.

Cependant Stubb, le premier lieutenant, ne manifestait aucune ardeur particulière à scruter l'horizon. Les cachalots avaient aussi bien pu sonder normalement, et non disparaître momentanément sous le coup de la frayeur ; et si tel était le cas, Stubb ferait comme à son habitude en pareille situation, semble-t-il, et tromperait la monotonie de l'attente avec sa pipe. Il la retira du ruban de son chapeau où elle était toujours piquée de biais comme une plume, la remplit, bourra le tabac avec son pouce, mais à peine avait-il frotté l'allumette, que Tashtego, son harponneur, dont les yeux étaient restés rivés au vent comme deux étoiles fixes, se laissa choir en un éclair sur son banc de nage et cria, avec des accents frénétiques :

– Assis tous, et nage partout ! Les voilà !

Un terrien, à cet instant, n'eût pas aperçu plus de baleine que de signe de harengs – mais soudain, l'air alentour vibra et tinta. Sous une couche d'eau peu profonde, les cachalots nageaient. Les bouffées de vapeur qu'ils envoyaient, et qui constituaient les tout premiers indices perceptibles de leur présence, semblaient comme des escortes et des estafettes détachées en avant-garde.

Les quatre pirogues étaient à présent lancées à la poursuite acharnée de cette tache brouillée d'air et d'eau mêlés. Mais elle paraissait bien devoir être plus rapide qu'elles.

– Nagez, nagez, mes petits gars, disait Starbuck de la voix la plus murmurante qui fût, en dardant sur un point situé au-delà de la proue un regard acéré.

Il ne disait pas grand-chose à son équipage, qui ne lui disait rien. Le silence de la pirogue n'était rompu, de temps à autre, que par ses surprenants chuchotements, tantôt ordres véhéments, tantôt supplications affectueuses.

Il en allait bien autrement avec le bruyant petit Flask.

– Allons, donnez de la voix et dites quelque chose, mes petits anges. Beuglez et nagez, mes tonnerres ! Débarquez-moi sur leur dos noir, les gars… Si vous faites ça pour moi, je vous cède ma plantation de Martha's Vineyard, femme et enfants compris ! Posez-moi dessus… oh ! posez-moi dessus ! Regardez ! Cette eau blanche !

Et, hurlant de la sorte, il s'arracha le chapeau de la tête, le jeta bas et le piétina méthodiquement ; puis, l'ayant ramassé, il l'envoya valser au large. Pour finir, il se mit à caracoler à l'arrière de la baleinière comme un poulain des prairies de l'Ouest devenu fou.

– Regardez-moi ce type, maintenant, philosophait Stubb d'une voix traînante.

Il suivait à une courte distance, serrant machinalement entre les dents son brûle-gueule qu'il n'avait pas allumé.

– Il a encore une de ses crises, Flask… Nagez partout, mes chérubins… nagez, mes poussins… nagez partout. Mais pourquoi diable vous agitez-vous ainsi ?

Tout doux, mes garçons, tout doux… régulière, la nage… tirez, contentez-vous de tirer… rien de plus. Allons, du calme, vous dis-je… calme, la nage… tranquille !

Ce que disait l'impénétrable Achab à son équipage couleur de tigre, mieux vaut ne pas le répéter ici. Seuls les requins mécréants[1] qui hantent les mers intrépides peuvent prêter l'oreille aux mots qu'il prononçait lorsque, l'ouragan au front, les yeux rougis par le désir de meurtre, il s'élança vers sa proie.

Les jets de vapeur avaient cessé de s'entremêler, mais fusaient un peu partout, de droite et de gauche ; chacun des cachalots semblait suivre son chemin. Les baleinières s'écartèrent davantage les unes des autres, Starbuck prenant en chasse trois cachalots qui filaient sous le vent.

Nous avions établi notre voile et le vent, qui fraîchissait toujours, emportait notre embarcation à une si folle allure que les avirons du bord de sous le vent, que l'on avait du mal à manœuvrer assez rapidement, menaçaient d'être arrachés de leur toletière[2]. Nous fûmes bientôt enveloppés d'un ample manteau de brouillard ; plus rien en vue, ni navire ni baleinières.

– En avant, les gars, chuchota Starbuck, nous avons encore le temps de tuer un poisson avant l'arrivée du grain[3]. Là… encore un bouillon d'eau blanche ! Près à toucher ! Hardi !

1. Mécréant : incroyant, personne sans religion.
2. Toletière : renfort placé sur le plat-bord destiné à porter les tolets qui servent à appuyer les avirons pendant la nage.
3. Grain : coup de vent accompagné ou non de pluie.

Peu après, deux cris retentirent presque simultanément de part et d'autre de notre pirogue, indiquant que les autres avaient planté des fers ; mais à peine furent-ils parvenus à nos oreilles que Starbuck, dans un murmure qui avait la vitesse et la violence de l'éclair, lança :

– Debout !

Et Quiqueg bondit, le harpon à la main.

Bien qu'aucun des canotiers ne pût voir alors le péril mortel si près devant eux, ils savaient que l'instant critique était imminent ; ils entendaient en outre un vacarme assourdissant, pareil à celui qu'eussent produit cinquante éléphants se vautrant dans leur litière. notre pirogue continuait à filer à travers la brume, parmi des vagues qui s'arquaient et sifflaient tout autour de nous comme les têtes dressées de serpents en furie.

– Voilà sa bosse. Là, là ! Pique ! murmura Starbuck.

Un son aigu, vif, bref, jaillit de la pirogue : Quiqueg avait lancé son fer. Alors, comme dans une mêlée confuse, une poussée invisible ébranla l'arrière, tandis que l'avant semblait avoir heurté un récif ; la voile s'affaissa avec un bruit d'explosion ; un jet de vapeur brûlante fusa tout près ; quelque chose roula au-dessous de nous, comme un tremblement de terre. Tout l'équipage, à demi asphyxié, fut projeté pêle-mêle dans le bouillonnement laiteux du grain, et l'animal, à peine effleuré par le dard[1], put s'échapper.

1. Dard : petit harpon, flèche.

La baleinière, complètement submergée, n'était cependant que peu endommagée. C'est à la nage que nous récupérâmes les avirons qui flottaient alentour ; après les avoir assujettis contre les plats-bords, nous nous laissâmes tomber à nos places. Assis sur nos bancs, nous avions de l'eau jusqu'aux genoux, et notre coque flottante semblait un esquif de corail remonté jusqu'à nous des profondeurs de l'océan.

Le vent fraîchit encore, devint hurlement ; les vagues entrechoquaient leurs boucliers ; la bourrasque rugissait, crépitait autour de nous. C'est en vain que nous hélions les autres baleinières et, dans la nuit tombante, nul signe du navire. La forte houle nous interdisait de songer à écoper. Les avirons, devenus inutiles pour la propulsion, faisaient désormais office de moyens de sauvetage. Starbuck, après maint essai infructueux, parvint à allumer le fanal[1], et, ayant fixé la lanterne à un pavillon de prise, tendit celui-ci à Quiqueg. Assis sur son banc, il brandissait l'impossible espoir au sein du désespoir.

Transpercés jusqu'aux os et grelottants de froid, résignés à ne plus jamais revoir ni navire ni pirogue, nous levâmes les yeux lorsque le jour poignit. La brume recouvrait toujours les eaux ; le fanal vide gisait, brisé, au fond de la baleinière. Soudain, Quiqueg bondit sur ses pieds, la main en cornet à son oreille. Nous perçûmes tous un faible craquement, pareil à celui de cordages et de vergues[2] qui eût été jusqu'alors étouffé par la

1. Fanal : grosse lanterne servant à indiquer la position du bateau.
2. Vergue : pièce de bois qui porte ou oriente la voile.

tempête. Le bruit se rapprocha et une forme immense, indistincte, déchira l'épais voile de brume. Épouvantés, nous sautâmes à la mer au moment où le navire, brusquement apparu, laissait porter sur nous à une distance qui n'excédait guère sa longueur.

Flottant sur les vagues, nous vîmes la pirogue abandonnée qui en un instant se retournait et béait sous l'étrave[1] du navire comme un copeau au pied d'une cataracte[2] ; puis l'énorme coque roula par-dessus, et elle disparut à notre vue pour émerger peu après à la poupe, à demi fracassée. Nous nageâmes une fois encore dans sa direction et fûmes projetés contre ses flancs par les lames. Enfin, on nous recueillit sains et saufs.

Avant que le grain ne lançât son premier assaut, les autres baleinières avaient coupé les lignes des animaux harponnés et regagné le bord à temps. Le navire avait renoncé à nous retrouver mais continuait à croiser dans les parages, pensant qu'il pourrait encore découvrir un vestige de notre naufrage.

Il est, dans cette chose singulièrement confuse que nous appelons la vie, des moments et des circonstances bizarres où l'univers tout entier apparaît à l'homme comme une énorme farce, et dont il soupçonne fort qu'elle se déroule à ses propres dépens. Pourtant, rien ne le décourage. C'est sous ce jour que je considérais

1. Étrave : pièce d'un navire qui termine la coque vers l'avant.
2. Cataracte : chute d'eau qui rompt le cours d'un fleuve.

désormais la campagne du *Pequod* et son but, le grand cachalot blanc.

– Quiqueg, dis-je, lorsque, repêché le dernier, je m'ébrouais sur le pont pour me débarrasser de l'eau dont ma vareuse était gorgée. Quiqueg, mon bon ami, ce genre de chose se produit-il souvent ?

Sans beaucoup d'émotion, bien qu'il fût aussi trempé que moi, il me donna à entendre que ces choses étaient, en effet, fort fréquentes.

– Monsieur Stubb, dis-je en me tournant vers ce digne personnage qui, caparaçonné[1] dans son ciré boutonné jusqu'au menton, fumait tranquillement sa pipe sous la pluie. Je vous ai entendu dire que, de tous les baleiniers que vous avez connus, M. Starbuck, notre second, était de loin le plus avisé et le plus prudent. J'imagine donc que piquer droit sur une baleine en fuite, la voile hissée en pleine rafale dans la brume, est le comble de la sagesse chez un pêcheur de baleine ?

– Très certainement.

En conséquence, considérant que les grains, les naufrages et les bivouacs[2] maritimes étaient monnaie courante dans ce métier ; considérant qu'à l'instant suprêmement critique d'arriver sur la baleine je devais remettre ma vie entre les mains du timonier[3] ; considérant que j'appartenais à la baleinière de ce très précautionneux Starbuck ; considérant enfin que, poursuivant le cachalot blanc, j'étais engagé dans une chasse de tous

1. Caparaçonné : recouvert entièrement pour se protéger.
2. Bivouac : campement provisoire.
3. Timonier : marin qui s'occupe de la direction du bateau.

les diables – je me dis que, tout compte fait, j'avais intérêt à descendre au poste pour y rédiger le brouillon de mes dernières volontés.

– Viens Quiqueg, dis-je, suis-moi. Tu seras mon notaire, mon exécuteur testamentaire et mon légataire universel[1].

Il pourra paraître étrange que les marins se préoccupent ainsi de rapetasser[2] leur testament, mais personne ne prend plus de plaisir à cette distraction. C'était la quatrième fois que je m'y livrais au cours de ma vie nautique. Une fois la cérémonie terminée, je me sentis plus léger ; j'avais une pierre de moins sur le cœur. Je me survivais ; ma mort et mes funérailles étaient serrées à double tour dans mon coffre. Je promenai tout autour de moi un regard tranquille et satisfait.

« Bien, pensai-je, en remontant machinalement les manches de mon tricot. Allons-y ! Plongeons de sang-froid dans le gouffre et la mort. Chacun pour soi et Dieu pour tous ! »

1. Exécuteur testamentaire, légataire universel : le premier est la personne chargée de la bonne exécution du testament ; le second est l'héritier.
2. Rapetasser : corriger.

17

Le souffle spectral

Des jours, des semaines s'écoulèrent. Sous une voilure réduite, le *Pequod* avait lentement parcouru quatre parages de croisière : celui des Açores, celui du Cap-Vert, celui de la Plata, et celui de Carrol, une étendue marine aux limites indécises au sud de Sainte-Hélène[1].

Nous fendions précisément ces eaux par une calme nuit de lune. C'est dans la sérénité de cette nuit que l'on aperçut, bien au-delà de la blanche écume soulevée par l'étrave, un souffle argenté. Le clair de lune le faisait paraître céleste. Fedallah fut le premier à le signaler. Pourtant, bien qu'on puisse repérer la nuit des troupes entières de baleines, il ne se trouverait pas un baleinier sur cent pour oser mettre à la mer.

Traversant le pont d'un pas rapide et zigzagant, Achab donna l'ordre d'établir les perroquets et les

1. Ensemble d'îles : les Açores sont un archipel de l'océan Atlantique, au nord-ouest du Maroc ; le Cap-Vert, un ensemble d'îles au large du Sénégal ; Plata, une petite île au large de l'Équateur, et Sainte-Hélène se situe dans l'océan Atlantique au sud-ouest de l'Afrique.

cacatois, ainsi que toutes les bonnettes[1]. Le meilleur timonier du bord dut prendre la barre et, les postes de vigie armés, le navire, toute toile dehors, courut vent arrière. Cependant, malgré la vitesse à laquelle filait le navire et malgré les regards avides, perçants comme des flèches, qu'on jetait de tous côtés, le souffle argenté ne fut plus aperçu cette nuit-là. Chaque marin jura l'avoir vu une fois, mais une seule.

Le souffle de minuit était presque oublié lorsque, quelques jours plus tard, à la même heure silencieuse, il fut derechef[2] signalé ; mais quand on mit le cap dessus, il disparut cette fois encore comme s'il n'avait jamais existé. Ainsi fit-il nuit après nuit ; ce souffle solitaire semblait ne jamais devoir cesser de nous entraîner plus avant.

Il se trouvait en outre des matelots pour jurer que ce souffle inapprochable était produit par un seul et même cachalot, et que ce cachalot était Moby Dick. Pendant un temps, l'apparition fugitive ne manqua pas de susciter aussi une terreur particulière, comme si elle nous invitait traîtreusement à la suivre toujours plus loin, afin que le monstre pût se retourner sur nous et nous déchirer enfin dans l'extrême solitude des mers les plus sauvages.

Mais quand enfin, ayant cinglé vers l'est, les vents du Cap se mirent à hurler autour de nous et les longues houles troublées à nous malmener, et que le *Pequod*

1. Perroquet, bonnette : le perroquet est une voile carrée haute ; la bonnette, une voile légère.
2. Derechef : encore une fois.

aux défenses d'ivoire pliait vivement l'échine sous la tourmente et éventrait les lames noires en faisant voler par-dessus les pavois, comme des averses de copeaux d'argent, des gerbes d'écume, alors s'éloigna cette désolation d'une vie absente, pour faire place à des spectacles plus sinistres que jamais.

Près de l'étrave s'élevaient hors de l'eau, ici et là, des formes étranges, tandis que des vols serrés d'impénétrables cormorans suivaient notre poupe. Chaque matin, nous découvrions des rangées entières de ces volatiles perchés sur les étais ; comme s'ils prenaient notre navire pour une épave abandonnée à la dérive, vouée à la ruine et donc pour eux, vagabonds sans gîte, perchoir parfait.

Nous nous trouvions maintenant jetés dans ces eaux tumultueuses du cap de Bonne-Espérance… Plutôt le cap Tormentoso[1], comme on disait jadis.

De temps à autre, le souffle solitaire paraissait à notre vue, calme, immuable, d'une blancheur de neige, dirigeant vers le ciel sa fontaine de plumes et nous invitant à la suivre toujours plus avant.

Dans pareilles tempêtes, une fois que tout a bien été assuré sur le pont et dans la mâture, il ne reste plus rien à faire qu'à attendre la fin de la tourmente. Le capitaine et son équipage deviennent alors, littéralement, des fatalistes. C'est ainsi que, sa jambe d'ivoire fichée dans son trou de tarière habituel, serrant d'une main un hauban, Achab restait debout pendant des heures entières, le

1. Cap Tormentoso : cap des Tempêtes, nom d'origine du cap de Bonne-Espérance.

regard au vent, tandis qu'une rafale de pluie glacée ou une bourrasque de neige, parfois, lui gelait les cils.

Pendant ce temps, les hommes, chassés du gaillard d'avant par les violents paquets de mer projetés par-dessus les pavois, se tenaient alignés le long du bastingage du passavant[1], et, pour mieux se protéger des vagues bondissantes, chaque marin s'était enroulé dans une sorte de bouline[2] amarrée à la lisse, qui lui faisait comme une ceinture lâche dans laquelle il se balançait. On ne disait rien, ou presque ; et le navire silencieux, comme s'il eût été monté par un équipage de cire peinte, labourait jour après jour les eaux furieuses de cette mer démoniaque.

1. Bastingage du passavant : bordure du passage entre l'avant et l'arrière du bateau sur le pont supérieur.
2. Bouline : cordage qui sert à porter une voile de biais.

18

Le calmar

Et puis un beau matin, sous un ciel d'azur transparent, un étrange spectre fut aperçu par Daggou en vigie au grand mât.

Une grande forme blanche, au loin, s'élevait paresseusement ; elle s'éleva toujours plus haut et, s'arrachant peu à peu de l'azur, étincela enfin devant notre proue comme une masse de neige fraîchement détachée du sommet d'une montagne. Elle jeta ses feux un instant, puis, aussi lentement qu'elle était apparue, elle s'affaissa et disparut dans les profondeurs. Elle émergea à nouveau, pour briller en silence.

– Là ! Et là encore ! Brèche[1] là ! Droit devant ! Le cachalot blanc ! Le cachalot blanc !

À ces mots, les hommes se précipitèrent aux bouts de vergues. Tête nue sous le soleil brûlant, Achab, planté sur le beaupré[2], une main prête à donner d'un geste ses ordres au timonier, tourna son regard avide

1. Brèche : ouverture.
2. Beaupré : mât oblique placé à l'avant du bateau.

dans la direction que montrait le bras tendu, immobile, de Daggou.

Il n'eut pas plus tôt aperçu distinctement la masse blanche qu'il ordonna, avec une hâte véhémente, de mettre les canots à la mer.

Les quatre pirogues furent bientôt sur l'eau, celle d'Achab en tête, toutes nageant vigoureusement vers leur proie. Celle-ci plongea, et tandis que, les avirons levés, nous attendions qu'elle réapparaisse, voici qu'elle resurgit lentement à l'endroit précis où elle avait disparu. Oubliant presque Moby Dick pendant un court moment, nous nous absorbâmes dans la contemplation du plus étonnant phénomène que les mers secrètes aient à ce jour révélé à un regard humain.

Une gigantesque masse pulpeuse, d'une éblouissante blancheur crémeuse, flottait à la surface de l'eau ; de longs bras rayonnaient de son centre, s'enroulant et se tordant comme un nid d'anacondas.

Tandis qu'elle s'évanouissait à nouveau avec un faible bruit de succion, Starbuck, les yeux toujours fixés sur les eaux bouillonnantes dans lesquelles elle venait de s'enfoncer, s'écria avec fureur :

– J'aurais préféré voir Moby Dick et lui livrer combat !

– Qu'est-ce que c'était, monsieur ? demanda Flask.

– Le calmar géant. Rares sont les baleiniers qui l'ont vu et sont rentrés au port vivants pour en parler.

Achab, lui, ne dit mot ; virant de bord, il s'en revint au navire. Les autres suivirent, dans le même silence.

Quelles que soient les craintes superstitieuses que les pêcheurs de cachalots ont toujours associées à la vue de cette créature, il est certain que pareil spectacle, du fait de sa grande rareté, n'a pas peu contribué à lui donner la valeur d'un événement de mauvais augure. Sa rencontre est si exceptionnelle que bien peu de marins ont une idée tant soit peu précise de sa nature et de sa forme véritables.

19
Stubb tue un cachalot

Le lendemain fut une journée accablante, sans le moindre souffle d'air. L'équipage du *Pequod*, qu'aucune activité ne sollicitait, avait peine à résister à la somnolence que suscitait, tel un charme, l'immense vide des eaux.

J'avais pris mon tour de vigie au mât de misaine et je me laissais bercer dans un air comme enchanté. J'avais remarqué que les hommes en vigie au grand mât et au mât d'artimon sommeillaient déjà. Les vagues, elles aussi, dodelinaient leurs crêtes indolentes ; à travers l'engourdissement de l'immensité océanique, le soleil lui-même avait fermé les yeux.

Soudain, il me sembla que des bulles éclataient sous mes paupières closes. Là, à moins de quarante brasses sous notre vent, un cachalot gigantesque roulait dans l'eau son dos large et lustré, aussi brillant qu'un miroir sous les feux du soleil. Nonchalamment installé dans le creux onduleux des vagues et lançant de temps à autre un calme souffle vaporeux, on eût dit un bourgeois de forte corpulence fumant sa pipe par une chaude après-midi.

Comme touchés par la baguette d'un magicien, le navire endormi et chacun des dormeurs du bord s'éveillèrent tout à coup, et plus de vingt voix venues de toutes les parties du bâtiment lancèrent en même temps que les trois guetteurs au sommet des mâts le cri accoutumé, cependant que le gros poisson projetait dans les airs, avec lenteur et régularité, ses étincelantes fontaines d'embruns.

Les pirogues n'étaient pas encore à la mer que l'animal vira majestueusement et s'en fut sous le vent avec un calme si imperturbable et en dessinant si peu de rides à la surface qu'Achab, songeant qu'il n'était peut-être pas encore sur le qui-vive, commanda qu'on ne se serve pas des avirons et qu'on ne parle qu'à voix basse. Bientôt, alors que nous filions vers notre proie, le monstre dressa verticalement sa queue à quelque quarante pieds hors de l'eau et disparut à la vue comme une tour engloutie.

– Sonde là !

À ce cri, Stubb s'empressa de sortir une allumette et d'allumer sa pipe, car un répit nous était à présent accordé. Quand le temps normal de la plongée se fut écoulé, le cachalot remonta à nouveau, et comme il se trouvait maintenant à l'avant de la pirogue du fumeur, Stubb escomptait avoir l'honneur de la capture.

Il était devenu évident que l'animal se savait pris en chasse. Le silence et les précautions n'étaient désormais plus de mise. On lâcha les pagaies et les avirons entrèrent en action avec fracas. Stubb, qui tirait toujours sur sa pipe, excitait joyeusement ses hommes à l'assaut.

– Faites-le bouger, faites-lui peur, mes gars ! Faites-le entrer dans la danse, maintenant. Nage de long, Tashtego, avec force. Terrorise-le, Tash, mon petit gars… terrorisez-le, vous tous… mais froidement, froidement…

Ses cris véhéments furent accueillis par d'autres, tout aussi enflammés.

– Kii-hii ! Kii-hii ! hurlait Daggou, en se balançant sur son siège d'avant en arrière sous l'effort, tel un tigre qui va et vient dans sa cage.

– Ka-la ! Kou-lou ! rugit Quiqueg – et l'on eût dit qu'il faisait claquer ses lèvres devant un morceau de bifteck cru.

C'est ainsi que les pirogues fendaient les flots, dans un concert de cris et de coups de pelle mêlés. Stubb, toujours à l'avant-garde, continuait à exciter ses hommes à l'attaque tout en rejetant par la bouche des nuages de fumée.

– Debout, Tashtego ! Pique !

Le harpon fut lancé.

Courant autour du taberin, la ligne, avant d'atteindre ce point, filait – en écorchant ses paumes – entre les mains de Stubb qui avait accidentellement laissé tomber ses maniques, sortes de carrés de toile piquée dont on se sert parfois en ces occasions. Cela revenait à tenir par la lame l'épée à double tranchant d'un ennemi qui s'évertuerait à vous l'arracher de force.

– Mouille la ligne ! Mouille la ligne ! cria Stubb au canotier assis près de la baille, et celui-ci, ôtant son chapeau d'un geste brusque, y jeta l'eau de mer qu'il venait de puiser.

La ligne, à présent aussi tendue qu'une corde de harpe, vibrait sur toute la longueur de la baleinière, et l'on eût dit que l'embarcation avait deux quilles, l'une qui fendait l'eau, l'autre l'air, tandis qu'elle se ruait ainsi, barattant[1] les deux éléments contraires en même temps.

Dans cette course folle, chaque homme se cramponnait de toutes ses forces à son banc pour ne pas être projeté dans la mer écumeuse, et la haute figure de Tashtego, à l'aviron de gouverne, était presque pliée en deux afin de préserver son centre de gravité. Ils filaient ; ils semblaient traverser des Atlantiques, des Pacifiques entiers ; enfin, le cachalot ralentit quelque peu l'allure de sa course.

– Embraque[2], embraque ! cria Stubb au canotier de l'avant, et tous les hommes, faisant face au cachalot, halèrent sur la ligne.

Stubb se rangea bientôt contre son flanc, cala fermement son genou dans l'échancrure du banc d'étrave et lança dard après dard dans le corps de l'animal qui fuyait.

Des flots rouges sourdaient maintenant des flancs du monstre comme des ruisseaux sur la pente d'une colline. Son corps torturé ne roulait plus dans l'onde amère, mais dans du sang qui bouillonnait et écumait sur des centaines de brasses dans le sillage de la pirogue. Pendant ce temps, des vapeurs blanches s'échappaient par saccades de l'évent[3] du cachalot. Le chef de pirogue, excité,

1. Barattant : agitant.
2. Embraque : tire la corde.
3. Évent : narines du cachalot.

soufflait de véhémentes bouffées de tabac chaque fois qu'il ramenait sa lance tordue, au moyen de la ligne qui lui était attachée, la redressait en lui donnant quelques coups rapides contre le plat-bord, avant de la planter encore et encore dans les chairs de l'animal.

– Serre dessus, serre dessus ! lança-t-il alors au canotier de proue, comme le cachalot affaibli laissait retomber sa fureur.

Et la pirogue se rangea contre son flanc. Penché à l'avant aussi loin qu'il le pouvait, Stubb enfonça lentement sa longue lance aiguë dans le corps du poisson et, la maintenant en place, tarauda[1] et vrilla avec soin, comme s'il cherchait l'organe vital du poisson. Il fut atteint.

Sortant de sa torpeur et saisi de ces convulsions innommables, le monstre se vautrait dans son sang, s'enveloppait d'un impénétrable et furieux bouillonnement d'embruns, de sorte que, devant le danger, la baleinière scia[2] promptement et eut fort à faire pour se dégager à l'aveuglette de ce déchaînement crépusculaire et retrouver la clarté du jour.

Le cachalot roulait d'un flanc sur l'autre, dilatait et contractait convulsivement son évent en lançant des râles aigus, éraillés. Enfin, on vit fuser dans l'air épouvanté fontaine après fontaine d'un sang caillé qui retomba, ruisselant, sur ses flancs inertes et sur l'eau. Son cœur avait éclaté.

1. Tarauda : creusa.
2. Scia : rama à reculons.

– Il est mort, monsieur Stubb, dit Tashtego.

Retirant sa pipe de sa bouche, Stubb en secoua les cendres froides sur la mer, et demeura un moment à observer pensivement cet immense cadavre qui était son œuvre.

20

Le souper de Stubb

La baleine de Stubb avait été tuée à quelque distance du navire, de sorte que c'est un attelage de trois pirogues qui entreprit le lent remorquage du trophée du *Pequod*. Et tandis que nous tirions avec peine et lenteur, des heures durant, ce cadavre inerte, nous eûmes la preuve éclatante de l'énormité de la masse que nous déplacions.

La nuit vint, mais trois feux accrochés çà et là dans le gréement du *Pequod* guidaient faiblement notre route. Achab posa un instant sur la baleine flottante un regard absent, donna les ordres habituels d'arrimage[1] pour la nuit, puis, tendant sa lanterne à un marin, il prit le chemin de sa cabine et disparut jusqu'au matin.

Le capitaine Achab, maintenant que l'animal était mort, semblait éprouver une sorte de vague insatisfaction, ou d'impatience, ou de désespoir, comme si la vue de ce cadavre lui rappelait que Moby Dick était toujours bien vivant.

Bientôt, de lourdes chaînes sont halées sur le pont

1. Arrimage : disposition et fixation du chargement.

et jetées à grand fracas par les sabords[1] pour amarrer l'énorme cadavre. Attaché par la tête à la poupe et par la queue à la proue, le cachalot laisse à présent reposer sa coque noire tout contre celle du navire.

Stubb, enivré par sa victoire, montrait une excitation inaccoutumée mais toujours empreinte de bonhomie. Il déployait une si débordante activité que son supérieur, le très posé Starbuck, lui abandonna tranquillement pour un temps la direction des opérations.

– Une tranche, une tranche, avant que j'aille me coucher ! Daggou ! Saute de la rambarde et va m'en couper un filet dans le creux de la queue !

Vers minuit, le bifteck était coupé et cuit, et, à la lueur de deux lanternes à l'huile de cachalot, Stubb attaquait son souper de cachalot, gaillardement installé au cabestan comme devant un buffet. Mais il ne fut pas le seul à se régaler de chair de cachalot cette nuit-là. Mêlant à ses mâchonnements le bruit de leur mastication, des milliers de requins se pressaient autour du léviathan mort et se goinfraient goulûment de sa graisse. Les rares dormeurs allongés sur leur couchette, dans le poste d'équipage, sursautaient souvent au claquement des queues contre la coque, à quelques pouces seulement de leur propre cœur.

Dans la pêche des mers du Sud, quand, après un long et épuisant travail, un cachalot capturé est amené contre le flanc du navire tard dans la nuit, il n'est pas

1. Sabord : ouverture pour laisser un passage à la bouche des canons sur les vaisseaux de guerre.

d'usage, en règle générale, de procéder sur-le-champ au dépècement. Car c'est une besogne fort pénible et qui requiert les bras de tous.

Mais il arrive que les légions de requins assemblées autour du cadavre amarré sont si nombreuses que, si celui-ci devait être abandonné là, disons pendant six heures d'affilée, il n'en resterait plus grand-chose à voir au matin, hormis le squelette.

Néanmoins, après que Stubb, son dîner achevé, eut désigné le quart aux ancres et que, selon les instructions, Quiqueg et un matelot du gaillard d'avant furent montés sur le pont, l'émoi ne fut pas peu considérable parmi les requins, car les deux marins, ayant abaissé trois fanaux afin d'éclairer la mer turbide[1], procédèrent à un massacre méthodique.

1. Turbide : agitée.

21

Dépècement

C'était un samedi soir, et quel sabbat[1] suivit ! Le *Pequod* aux parures d'ivoire était devenu une sorte d'abattoir, chaque marin un boucher.

En premier lieu, les énormes palans de dépècement, qui comprennent un ensemble de poulies généralement peintes en vert et que nul homme ne pourrait soulever à lui seul, furent hissés au capelage[2] du grand mât et solidement assujettis au ton du bas mât, et la prodigieuse poulie inférieure se balança alors au-dessus de la baleine ; on y attacha ensuite le grand crochet à lard, lourd de quelque cent livres.

Cela fait, Starbuck et Stubb, les deux lieutenants, perchés sur les échafauds et armés de leurs longues pelles, entreprirent de découper un trou dans le corps, au-dessus de la nageoire pectorale la plus proche, pour y planter le croc. Une entaille semi-circulaire est ensuite pratiquée autour du trou ; on y insère le croc, et la plus

1. Sabbat : septième jour de la semaine, jour de repos consacré au culte dans la religion juive.
2. Capelage : concerne toutes les fixations des câbles sur le mât.

grande partie de l'équipage, rassemblée autour du guindeau[1], entonne un refrain nerveux et commence à virer comme un seul homme.

Le navire, aussitôt, se couche tout entier sur le flanc ; le bâtiment tremble, tressaille, et penche toujours plus vers la baleine. Enfin, un claquement sec, sinistre, se fait entendre ; le navire, dans un grand fracas liquide, roule et s'écarte de la baleine et la caliorne[2] réapparaît triomphalement à la vue, entraînant à sa suite la première bande de lard libérée de l'incise en demi-lune.

Comme le lard enveloppe la baleine à la manière de l'écorce d'une orange, on le détache précisément du corps comme on pèle parfois une orange, selon un dessin spiralé. Le lard se déroule en une bande régulière qui s'élève de plus en plus haut dans la mâture jusqu'à venir effleurer la grand-hune[3]. La masse colossale, ruisselante de sang, se balance de-ci, de-là, comme accrochée au ciel, et chaque marin présent doit soigneusement veiller à l'éviter lorsqu'elle oscille de la sorte, s'il ne veut pas qu'une puissante calotte l'envoie, la tête la première, par-dessus bord.

L'un des harponneurs s'avance alors avec une arme longue et tranchante appelée « sabre d'abordage » et découpe avec adresse un trou de grande dimension dans la partie inférieure de la bande qui se balance dans les

1. Guindeau : treuil servant à manœuvrer les ancres.
2. Caliorne : appareil de levage composé de poulies multiples pour soulever des charges très lourdes.
3. Grand-hune : plate-forme située près du sommet de la section inférieure du grand mât.

airs. Là-dessus, après avoir recommandé à chacun de s'écarter, il finit par la partager en deux, de sorte que la longue bande supérieure nommée « blankpisse[1] », presque entièrement détachée, est prête à être descendue sur l'entrepont. Tandis que l'une des caliornes pèle et hisse une deuxième bande de lard, l'autre fait descendre lentement, par la grande écoutille, la première bande dans un salon vide de tout meuble appelé « parc au gras ».

Dans la pénombre de cet appartement, des mains nombreuses et agiles roulent la longue blankpisse, comme s'il s'agissait d'un énorme nid de serpents vivants.

Ainsi se poursuit le travail : les deux palans s'élèvent et s'abaissent simultanément, les hommes chantent en halant, ces messieurs du parc à gras enroulent, les lieutenants incisent, le navire geint sous l'effort, et chacun y va de son juron, histoire de relâcher un instant la tension générale.

– Embraque les chaînes ! Largue la carcasse !

Les forts palans ont désormais accompli leur tâche. Le cachalot décapité, pelé jusqu'au blanc, étincelle comme un sépulcre[2] de marbre ; si sa couleur a changé, son volume, lui, n'a pas sensiblement diminué : la masse demeure colossale. Il s'éloigne lentement du bord, flottant sur une eau déchirée, fouettée par les requins insatiables, sous un ciel rendu chagrin par les volées

1. Blankpisse : dans le jargon des chasseurs de baleine, ce mot, de l'anglais *blanket-piece*, désigne les bandes de lard de la baleine découpées pour les faire fondre.
2. Sépulcre : tombeau.

rapaces d'oiseaux criards, dont les coups de bec sont autant de coups de poignard outrageants dans la carcasse du cachalot.

L'immense et blanc fantôme sans tête s'en va glissant toujours plus loin du navire, et c'est un nouveau bataillon de squales[1] et une autre nuée de volatiles qui semblent surgir et augmentent à mesure le vacarme meurtrier. Tel est le hideux spectacle qui, des heures durant, s'offre aux hommes depuis le navire presque immobile.

Quelle terrible dérision dans ces lugubres funérailles !

Avant de dépouiller entièrement le corps du léviathan, celui-ci est décapité. Or la décollation du cachalot est, du point de vue anatomique, un exploit scientifique.

Songez que l'animal n'a rien qui ressemble à un cou ; et même, à l'endroit où la tête et le tronc semblent se joindre, à cet endroit se trouve précisément la partie la plus épaisse du corps. Souvenez-vous en outre que le chirurgien doit pratiquer l'opération d'en haut, à une hauteur de huit ou dix pieds au-dessus de son patient, et que ledit patient est presque entièrement caché par une mer houleuse et terne, et souvent par des lames déferlantes. Ne faut-il donc point s'émerveiller lorsque Stubb se vante de décapiter un cachalot en dix minutes ?

Une fois le cachalot du *Pequod* décapité, puis écorché, la tête fut hissée contre le flanc du navire, mais non

1. Squale : requin.

pas entièrement tirée hors de l'eau, afin que son élément naturel pût encore en soutenir la plus grande partie.

Lorsque cette dernière manœuvre fut achevée, il était midi, et les hommes descendirent pour dîner. Sur le pont tout à l'heure si bruyant et maintenant désert, le silence se fit.

Un moment s'écoula et, dans cette éternité de silence, Achab parut, seul ; il venait de sa cabine. Il fit quelques allées et venues sur le gaillard d'arrière, s'arrêta pour regarder par-dessus bord, et, gagnant lentement le grand porte-haubans[1], il saisit la longue pelle que Stubb y avait laissée après la décapitation du cachalot, la plongea dans la partie inférieure de la masse à demi suspendue, glissa l'autre extrémité sous son aisselle à la manière d'une béquille, et demeura ainsi penché, les yeux intensément fixés sur cette tête.

Elle portait un capuchon noir, et, flottant de la sorte dans cette paix immense, on eût dit la tête du sphinx dans le désert.

– Parle, ô tête énorme et vénérable, murmura Achab, toi qui ne portes point de barbe, mais sembles ici et là blanchie d'un duvet de mousse. Parle, ô tête puissante, et livre-nous le secret qui est en toi. De tous les plongeurs, tu es celui qui a plongé le plus profond. Là où rouillent des flottes et des noms dont nulle archive n'a gardé la trace, là où pourrissent des ancres et des espoirs inexprimés, où la cale meurtrière de notre frégate-terre

1. Porte-haubans : pièce de renfort appliquée horizontalement au flanc du navire un peu en arrière du mât.

est lestée des ossements de millions de noyés. C'est là, dans cet horrible royaume des eaux que tu avais élu domicile. Tu as dormi aux côtés de tant de marins, là où des mères que le sommeil avait abandonnées eussent donné leur vie pour s'étendre ; tu as vu les amants enlacés sauter de leur navire en feu, s'enfoncer, cœur contre cœur, dans la vague exultante ; tu as vu le second assassiné, que les pirates avaient jeté par-dessus bord dans la nuit, couler, des heures durant, dans la noire ténèbre, et ses meurtriers continuer leur route sains et saufs. Tu en as vu assez, ô tête, pour fracasser les planètes et faire d'Abraham un mécréant, et nulle syllabe ne sort de ta bouche !

22

Stubb et Flask tuent une baleine franche

Pendant la nuit précédente et la matinée, le *Pequod* avait lentement dérivé dans des eaux où des traînées de krill[1] jaunâtres, ici et là, trahissaient la présence inhabituelle de baleines franches. Et bien que les équipages éprouvent habituellement le plus grand dédain pour la chasse de ces viles créatures, ordre fut donné, à la surprise générale, de capturer une baleine franche ce jour-là, si l'occasion s'en présentait.

Elle ne tarda pas à s'offrir. De hauts panaches furent signalés sous le vent, et deux pirogues, celles de Stubb et de Flask, furent lancées à leur poursuite. S'éloignant toujours davantage, elles eurent bientôt cessé d'être visibles aux hommes de vigie. Mais ceux-ci aperçurent soudain un énorme remous d'eau blanche, et peu après on annonça dans la mâture que l'une des pirogues, ou les deux, avaient amarré une baleine. Un court moment

1. Krill : plancton, formé de petits crustacés, des mers froides.

s'écoula, et l'on vit alors distinctement les pirogues, remorquées par la baleine qui venait tout droit sur le navire. Le monstre approcha si près de la coque qu'on aurait pu d'abord le croire animé d'une intention malveillante ; mais parvenu à moins de trois perches des bordages, il sonda tout à coup dans un véritable maelström et disparut complètement comme s'il avait plongé sous la quille.

– Coupez ! coupez ! criait-on du navire aux pirogues qui parurent un instant devoir aller s'écraser contre le flanc du navire.

Mais comme il y avait encore une ample réserve de ligne et que la plongée de la baleine n'était guère rapide, les hommes lui servaient une abondance de corde tout en faisant force de rames pour venir à l'avant du navire.

Pendant quelques minutes, l'issue de la lutte fut dramatiquement incertaine.

Soudain, un tremblement rapide comme un éclair parcourut toute la longueur de la quille ; la ligne tendue à se rompre, après avoir raclé le dessous du navire, surgit brusquement à la proue avec un claquement, frémissante ; les gouttes dont elle ruisselait retombèrent alentour comme des éclats de verre, tandis que plus loin la baleine refaisait surface et que les baleinières, libres à nouveau, reprenaient leur course. La baleine, épuisée, ralentit son allure et, changeant aveuglément de direction, revint vers l'arrière du navire, qu'elle passa en remorquant toujours les deux pirogues ; celles-ci accomplirent ainsi un tour complet.

Cependant, les hommes qui embraquaient toujours plus leur ligne finirent par se trouver de part et d'autre des flancs de l'animal, la lance de Stubb répondant, coup pour coup, à celle de Flask. La bataille se poursuivit de la sorte en dessinant des cercles autour du *Pequod*, tandis que les légions de requins qui se pressaient auparavant du côté de la carcasse du cachalot, se ruaient maintenant vers le sang fraîchement répandu et buvaient avec avidité à chaque blessure nouvelle.

Le souffle, enfin, s'épaissit, et après une convulsion et un vomissement effroyables, la baleine roula sur le dos, morte.

Tandis que les deux chefs de pirogue amarraient les palmes de la queue et, par diverses manœuvres, préparaient le remorquage de cette masse, une conversation s'engagea entre eux.

– Je me demande ce que le vieux va faire de cette infecte montagne de graisse, dit Stubb.

– N'avez-vous jamais entendu dire que le navire qui a une tête de cachalot suspendue à tribord, et en même temps une tête de baleine franche hissée à bâbord, ne peut plus chavirer ? demanda Flask.

– Et pourquoi donc ?

– Je n'en sais rien, mais j'ai surpris Fedallah qui le disait, et il a l'air de tout savoir sur les charmes marins. Je ne l'apprécie qu'à moitié, ce coco. Avez-vous remarqué, Stubb, que sa canine est comme sculptée en forme de tête de serpent ?

– Qu'il coule bas ! Je ne le regarde jamais ; je tiens ce Fedallah pour le diable travesti, Flask. Croyez-vous vraiment à cette histoire abracadabrante d'embarquement clandestin ? C'est le diable, vous dis-je.

– Qu'est-ce que le vieux a donc de si important à faire avec lui ?

– Conclure un marché, je suppose, ou un troc.

– Un marché ? De quel genre ?

– Eh bien, voyez-vous, le vieux est acharné à la capture de ce cachalot blanc, et notre diable essaie de l'embobeliner[1] et de le persuader de lui céder sa montre en argent, ou son âme, ou quelque chose de cette nature, en échange de quoi il lui livrera Moby Dick.

– Ta, ta, ta ! Vous blaguez, Stubb ! Comment Fedallah pourrait-il faire cela ?

– Je l'ignore, Flask, mais le diable est un drôle de bougre, et malin avec ça, je vous le dis. Bon, alors, en avant et tirons cette baleine au navire.

– Croyez-vous que Fedallah veuille enlever le capitaine Achab ?

– Si je le crois ? Vous serez bientôt fixé. Mais j'ai l'intention de le surveiller de près désormais, et si je remarque quoi que ce soit de très suspect, je le saisirai par la peau du cou et lui dirai : « Écoutez-moi bien, Béelzébul[2], je ne veux pas de cela ici ! »

– Allons... est-ce vraiment sérieux ?

– Sérieux ou pas, nous voici arrivés au navire.

Les deux pirogues reçurent alors l'ordre de remorquer la baleine à bâbord, où les chaînes pour les palmes

1. Embobeliner : embobiner, duper.
2. Béelzébul : ou Belzébuth, dans le Nouveau Testament, désigne le prince des démons.

de la queue et tout le reste du dispositif d'amarrage l'attendaient.

– Qu'est-ce que je vous avais dit ? s'écria Flask. Oui, vous verrez bientôt la tête de la baleine franche hissée sur l'autre bord pour faire pendant à celle du cachalot.

Ce que Flask avait annoncé ne tarda pas à se réaliser. Le *Pequod*, qui jusqu'alors penchait abruptement vers la tête du cachalot, retrouva son équilibre grâce à ce contrepoids, mais au prix de quel effort pour le navire !

Le navire ainsi chargé de ses deux têtes ne ressemblait pas peu à un mulet portant des paniers de bât trop lourds.

23

Une citerne et des seaux

La moitié inférieure de la tête du cachalot est constituée par la construction osseuse du crâne et des mâchoires, et la moitié supérieure par une masse onctueuse entièrement dépourvue d'os, la large partie antérieure correspondant à la surface verticale du front de la baleine.

La partie inférieure, appelée le « pâté », est comme un immense gâteau de cire aux alvéoles pleines d'huile, formé par l'entrelacs, sur toute sa longueur, de fibres blanches, élastiques et dures, qui passent en tout sens dans dix mille cellules.

La partie supérieure, connue sous le nom de « melon », peut être considérée comme le tonneau de Heidelberg[1] du cachalot. Et de même que le tonneau de Heidelberg est toujours empli des meilleurs crus des vallées rhénanes, celui du cachalot contient le plus précieux de ses gras vignobles, l'inestimable spermaceti à l'état pur, limpide et odoriférant.

1. Heidelberg : ville au sud-ouest de l'Allemagne.

Cette substance rare ne se trouve ainsi, vierge, dans aucune autre partie de l'animal. Tant que celui-ci est en vie, elle reste parfaitement fluide ; mais exposée à l'air, après la mort, elle se solidifie peu à peu, formant de très belles aiguilles de cristal, comme la première et fine pellicule de glace sur l'eau. Le melon d'un grand cachalot donne en général cinq cents gallons[1] de spermaceti, bien qu'il s'en répande et s'en perde inévitablement une grande quantité lors de la délicate opération de transvasement.

Comme le chirurgien, au moment de la décollation, approche son instrument tout près de l'endroit où sera pratiquée ultérieurement l'ouverture violente de la chambre à spermaceti, il lui faut veiller, avec la plus grande attention, à ce que nul coup maladroit ou intempestif ne laisse s'échapper en pure perte son précieux contenu. C'est également cette partie sectionnée de la tête que l'on sort de l'eau et qui est maintenue ainsi par les énormes palans, dont les emmêlements de chanvre, sur ce côté, forment une véritable jungle de cordages.

Agile comme un chat, Tashtego grimpe dans la mâture. Il a emporté avec lui un cartahu, c'est-à-dire un léger cordage volant muni d'une poulie. Il assujettit la poulie de telle sorte que le cordage pende au bout de la vergue et laisse tomber une extrémité du filin qu'un homme du pont finit par attraper et qu'il tient d'une main ferme. L'Indien, alors, descend le long du filin à la seule force des poignets et atterrit bientôt adroitement

1. Gallon : unité de volume en Grande-Bretagne qui équivaut à 4,54 litres.

sur le sommet de la tête. Là, avec une pelle tranchante à manche court, il cherche avec application l'endroit précis où il va pouvoir percer le tonneau. Il procède méticuleusement, tel un chercheur de trésor qui sonde les murs d'une vieille maison pour trouver l'emplacement de l'or caché.

Quand cette minutieuse recherche s'achève, une robuste baille cerclée de fer, très semblable à un seau de puits, est hissée à portée de main de l'Indien, à qui une autre personne a présenté une très longue perche.

Introduisant la perche dans le seau, Tashtego mène ce dernier dans le tonneau, où il disparaît complètement ; puis, sur un mot qu'il lance aux hommes du cartahu, le seau remonte, écumant comme celui de la laitière au moment de la traite. Abaissé de ses hauteurs avec le plus grand soin, le récipient débordant est saisi par un matelot spécialement affecté à cette tâche, qui le vide rapidement dans une grande cuve. Le seau reprend le chemin des airs, et ce va-et-vient ne cesse qu'avec l'épuisement de l'énorme citerne. Vers la fin, Tashtego doit pousser sa longue perche toujours plus fort et plus loin à l'intérieur du melon, qui en engloutit au moins vingt pieds.

L'équipage du *Pequod* puisait de la sorte depuis un certain temps, et l'on avait empli plusieurs cuves de l'odorant spermaceti, quand se produisit soudain un accident singulier.

L'endroit où il se tenait était-il traîtreusement glissant ? Cela est impossible à dire ; mais tout à coup, alors que remontait le quatre-vingtième ou quatre-vingt-dixième seau… le pauvre Tashtego tomba la tête la première dans cet immense tonneau de Heidelberg et, dans un horrible gargouillis d'huile, disparut à notre vue.

– Un homme à la mer ! cria Daggou, qui fut le premier, dans la consternation générale, à retrouver ses esprits. Envoyez la baille par ici !

Il mit un pied dedans afin de mieux agripper le cartahu glissant et se fit hisser au sommet de la tête, presque avant que Tashtego ait pu en atteindre le fond. Une effroyable agitation régnait alors sur le pont. En se penchant par-dessus bord, on voyait la tête du cachalot, jusque-là inerte, frémir un peu au-dessous de la surface de l'eau, comme si une idée importante venait soudain de la traverser – alors que ce n'étaient là que les mouvements violents du pauvre Indien qui révélait ainsi, sans le savoir, à quelles profondeurs dangereuses il avait coulé.

À cet instant, on entendit un fort craquement et, à l'indicible horreur de tous, l'un des deux énormes crochets auxquels était suspendue la tête se rompit, projetant de côté, avec une formidable vibration, la masse énorme ; le navire ivre vacilla, trembla, comme heurté par un iceberg. Le croc restant, qui devait maintenant soutenir à lui seul tout le poids, paraissait sur le point de céder d'un instant à l'autre.

– Descends ! Descends ! criaient les marins à Daggou.

Mais, se cramponnant d'une main, le nègre poussait le seau tout au fond du puits maintenant effondré, dans l'espoir que le harponneur englouti l'agripperait et pourrait être tiré hors.

– Au nom du Ciel, harponneur ! cria Stubb, à quoi lui servira qu'on lui jette ce seau cerclé de fer sur la tête ? Baste[1] !

– Gare le palan !

Le cri explosa comme une fusée. Presque au même instant, dans un fracas de tonnerre, la masse énorme tomba dans la mer ; la coque, soudain libérée du poids, roula sur l'autre bord ; et tous retinrent leur souffle tandis que Daggou, balancé tantôt au-dessus des têtes, tantôt au-dessus des flots, apparaissait vaguement aux regards à travers l'épais brouillard d'embrun, s'accrochant obstinément, et que le malheureux Tashtego, enseveli vivant, n'en finissait pas de couler au fond de l'océan.

Mais ces vapeurs aveuglantes s'étaient à peine dissipées que l'on vit en un éclair une silhouette nue, un sabre d'abordage à la main, s'envoler par-dessus le pavois.

L'instant suivant, une prodigieuse gerbe d'écume indiquait que mon courageux Quiqueg avait plongé. Une foule se rua de ce côté et les yeux suivaient le plus timide frémissement de l'eau, minute après minute, sans qu'on pût discerner le moindre signe du noyé ni du plongeur.

– Ha ! ha ! Deux ! Ils sont deux ! lança tout à coup Daggou du haut de son perchoir volant.

Et l'on vit peu après Quiqueg qui battait hardiment les flots d'une main et, de l'autre, tirait la longue chevelure de l'Indien.

1. Baste : assez !

Repêchés par la baleinière en attente, ils furent promptement ramenés sur le pont, mais Tashtego fut long à revenir à lui, et Quiqueg ne semblait pas dans une forme brillante.

Comment donc ce noble sauvetage avait-il été accompli ? Eh bien, plongeant à la suite de la tête qui sombrait lentement, Quiqueg, à grands coups de son sabre tranchant, y avait fait des entailles sur un côté, près de la base, afin de pouvoir y pratiquer une large ouverture ; puis, lâchant sa lame, il avait enfoncé son long bras à l'intérieur, cherché de la main vers le haut, et c'est ainsi qu'il avait tiré notre pauvre Tash par les cheveux.

Ainsi, grâce au courage et au grand talent d'accoucheur de Quiqueg, la délivrance de Tashtego put-elle être réalisée avec succès Mais si Tashtego avait péri dans cette tête, quelle fin précieuse il eût connue ! Une mort par asphyxie dans le parfum du spermaceti le plus blanc et le plus délicat, avec pour cercueil, corbillard et tombeau tout à la fois, le cœur de la chambre secrète du cachalot !

24
La grande armada

La longue et étroite péninsule de Malacca, qui s'étend au sud-est des territoires de la Birmanie, forme l'extrémité la plus méridionale de toute l'Asie. Elle se prolonge par le chapelet continu des longues îles de Sumatra, Java, Bali et Timor, qui constituent avec bien d'autres une sorte de rempart reliant l'Asie à l'Australie. Cette muraille est percée, pour la commodité des navires et des baleines, de plusieurs poternes de sortie, dont les plus notables sont les détroits de la Sonde et de Malacca.

Si l'on songe aux inépuisables richesses que recèle le millier d'îles de cette mer orientale – épices et soieries, bijoux, or, ivoire –, il semble que la nature ait sagement décidé en veillant à ce que pareils trésors donnent l'impression d'être protégés, par la géographie elle-même, de la rapacité[1] du monde occidental.

Depuis des temps immémoriaux, les praos[2] des pirates

1. Rapacité : avidité.
2. Prao : petit bateau à voile ou à rames en Indonésie et en Malaisie.

malais[1], tapis dans l'ombre basse des anses et des îlots de Sumatra, fondent sur les navires qui franchissent ces détroits et réclament férocement leur impôt à la pointe de leurs lances.

Poussé par une jolie brise, le *Pequod* approchait maintenant de ces détroits, Achab se proposant de gagner par cette route la mer de Java, avant de remonter vers le nord où se trouvent des parages connus pour être fréquentés ici et là par le cachalot, puis de longer les îles Philippines et d'atteindre la lointaine côte du Japon au moment de la grande saison de pêche. Achab comptait bien livrer bataille à Moby Dick dans les eaux où on le savait croiser, et à une époque où l'on pouvait raisonnablement espérer qu'il se trouverait.

Les falaises aux vertes palmeraies apparurent bientôt à tribord et le navire s'apprêtait à entrer dans le détroit quand le cri habituel tomba joyeusement des hauteurs, et un spectacle d'une singulière splendeur nous accueillit bientôt.

Des deux côtés du navire, à une distance de deux ou trois milles, et formant un large demi-cercle étiré sur la moitié de la ligne d'horizon, une chaîne continue de gerbes jaillissantes étincelait au soleil de midi. À la différence des souffles jumeaux de la baleine franche, qui se dressent à la verticale, se divisent au sommet et retombent en deux branches comme la ramure du saule, le jet du cachalot, unique et incliné vers l'avant, présente une toison dense et bouclée de

1. Malais : habitant de la presqu'île de Malacca et des îles voisines.

brume blanche qui s'élève et s'abaisse continûment sous le vent.

Vue depuis le pont du *Pequod*, cette cohorte de souffles vaporeux ressemblait aux mille cheminées riantes d'une métropole populeuse.

Cette immense flotte de cachalots semblait maintenant s'élancer à travers le détroit, resserrant peu à peu les ailes de son demi-cercle sans cesser de dessiner, en sa partie centrale, un croissant compact.

Le *Pequod*, toutes voiles dehors, se précipita à leur poursuite ; les harponneurs brandissaient leurs armes et lançaient de bruyants hourras à l'avant de leurs pirogues encore suspendues aux bossoirs[1]. Et qui eût pu dire si Moby Dick ne se trouvait pas temporairement au milieu de cette caravane ?

Nous filions donc à vive allure, chassant ces léviathans devant nous, lorsque la voix forte de Tashtego attira soudain notre attention sur quelque chose qui se passait dans notre sillage.

Il y avait là sur notre arrière un autre croissant, réplique de celui qui nous précédait. Les nuages de vapeur blanche dont il paraissait formé s'élevaient et retombaient comme des souffles de cachalots, mais ne possédaient pas leur rythme régulier : ils demeuraient suspendus sans jamais se dissiper. Ayant dirigé sa lunette sur ce spectacle, Achab vira rapidement dans son trou de tarière en criant :

1. Bossoir : pièce placée à la proue d'un bateau pour manœuvrer une ancre ou une embarcation de sauvetage.

– Ohé de la hune ! Les Malais sont à nos trousses !

Comme s'ils n'avaient que trop longtemps attendu, embusqués derrière les promontoires, que le *Pequod* se fût suffisamment engagé dans le détroit, ces forbans[1] asiatiques redoublaient à présent d'ardeur pour rattraper le retard occasionné par leur excès de prudence. Mais l'agile *Pequod*, sous un bon frais de vent, étant lui-même lancé dans une chasse furieuse, les harponneurs semblèrent plus déplorer l'avance que les agiles cachalots avaient prise sur le navire, que se réjouir de celle, décisive, que nous avions sur les Malais.

Suivant obstinément le sillage du gibier, le navire s'en rapprochait ; et l'ordre fut donné de mettre les pirogues à la mer. Mais à peine la troupe, avertie par cet étonnant instinct que l'on prête au cachalot, eut-elle repéré les trois coques lancées à sa poursuite, qu'elle se regroupa et, disposée en bataillons aux rangs serrés, les souffles étincelants formant comme des faisceaux de baïonnettes, continua sa course en redoublant de vélocité.

Après plusieurs heures, nous étions tout près de renoncer à poursuivre la chasse lorsqu'une déroute générale brisa cette allure vive et régulière. Comme les éléphants du roi Porus lors de sa bataille contre Alexandre[2] aux Indes, les cachalots paraissaient sous le coup d'une folle terreur. Dessinant en tout sens des cercles immenses et irréguliers, nageant sans but de-ci,

1. Forban : pirate.
2. Porus est un roi indien ayant vécu vers 317 av. J.-C. ; Alexandre, un ancien roi de Macédoine.

de-là, leurs souffles courts et épais disaient, sans équivoque possible, un affolement panique.

Comme il est de coutume en pareil cas, les pirogues se séparèrent aussitôt et chacune se dirigea vers un animal isolé aux lisières du banc. Trois minutes plus tard, Quiqueg avait lancé son harpon ; l'animal touché nous aveugla de gerbes d'écume et s'élança comme un éclair vers le cœur de la troupe, nous entraînant à sa suite. Une telle réaction d'une baleine piquée représente l'une des plus dangereuses vicissitudes[1] de la pêche. Car alors, emporté par le monstre agile toujours plus loin dans les profondeurs frénétiques de la troupe, vous pénétrez dans un monde qui n'est que vertige et délire.

Tandis que le cachalot, aveugle et sourd, se ruait en avant pour se libérer de la sangsue de fer collée à son flanc, notre pirogue, menacée de tout côté par l'effervescence des créatures affolées, creusait une balafre blanche à la surface des eaux.

Quiqueg, nullement impressionné, nous pilotait hardiment, tantôt s'écartant d'un monstre qui se trouvait au travers de notre route, tantôt s'éloignant avec dextérité[2] d'un autre dont la queue colossale se balançait au-dessus de nos têtes, cependant que Starbuck debout à l'avant, la lance à la main, repoussait au loin les baleines qu'il pouvait piquer au moyen de traits courts.

Toutes les baleinières emportent de curieux accessoires appelés *dragues*, inventés par les Indiens de

1. Vicissitude : mésaventure.
2. Dextérité : habileté.

Nantucket. Elles consistent en deux épaisses pièces de bois carrées, de même taille, solidement ajustées à angle droit ; une ligne de longueur considérable est attachée au centre de ce bloc, et l'autre extrémité étant pourvue d'une bague, elle peut être en un instant assujettie au harpon. On utilise surtout cette drague lorsque l'on se trouve parmi des baleines effarées, car on est alors environné de plus d'individus qu'on en peut chasser en une fois. Mais comme on ne rencontre pas de cachalots tous les jours, il faut en profiter pour en tuer autant qu'il est possible ; et si l'on ne peut les occire[1] tous d'un coup, il faut au moins leur décocher un premier trait afin de pouvoir plus tard les achever à loisir.

Notre pirogue en possédait trois. Les deux premières furent lancées avec succès, et nous vîmes les cachalots s'enfuir d'une allure chancelante, contrariés par l'énorme résistance oblique de la drague qu'ils remorquaient. Mais au moment où l'on jetait par-dessus bord le troisième de ces encombrants engins de bois, il se coinça sous l'un des bancs de la baleinière qu'il arracha aussitôt et emporta, projetant au fond de l'embarcation le canotier. L'eau pénétra des deux côtés par les bordages crevés, mais utilisant deux ou trois chemises et caleçons comme tampons, nous pûmes aveugler momentanément la voie d'eau.

À mesure que nous nous enfoncions dans le sein de la troupe, l'allure de notre cachalot avait grandement diminué. Lorsque le fer se détacha d'une secousse, la

1. Occire : tuer (vieilli).

baleine qui nous remorquait s'écarta de côté et disparut. Notre pirogue, dont la vitesse acquise allait maintenant décroissant, se trouva glisser entre deux cachalots au cœur le plus secret de la troupe comme si, laissant derrière nous un torrent de montagne, nous étions parvenus sur les eaux placides d'un lac de plaine.

Dans cette étendue centrale, la mer présentait cette surface douce et satinée – un véritable miroir d'huile – produite par la buée subtile qu'exhale la baleine dans ses moments d'humeur tranquille. Au loin, sur les franges extérieures, régnait toujours la même folie furieuse, et nous aperçûmes plusieurs bandes de huit à dix cachalots qui tournaient en rond à vive allure. Si dense était la foule des baleines au repos que tout espoir de fuite nous était pour l'instant interdit. Il nous fallait attendre que s'ouvre une brèche dans ce mur vivant qui faisait une ceinture tout autour de nous. Au centre, nous étions visités de temps à autre par les femmes et les enfants de cette armée en déroute.

Ces baleineaux venus du bord du lac rendre visite à notre pirogue encalminée[1] montraient une confiance et une intrépidité étonnantes. Ils s'approchaient pour nous flairer, tels des chiens domestiques, touchaient nos plats-bords, et l'on eût dit qu'un charme les avait soudain métamorphosés en animaux familiers. Quiqueg leur caressait le front ; Starbuck leur grattait le dos de la pointe de sa lance.

Loin, en dessous du monde si surprenant de la surface,

1. Encalminée : immobilisée.

un autre, plus étrange encore, s'offrait au regard des marins penchés sur l'eau. Car sous ses voûtes liquides, flottaient, comme suspendues, les formes des mères nourricières des baleines et celles dont la taille énorme indiquait qu'elles allaient sans doute mettre bas bientôt.

Immobiles sur leur flanc, les mères, elles aussi, paraissaient nous observer d'un œil tranquille. L'un de ces nouveau-nés qui, d'après certains signes curieux, ne devait pas avoir plus d'un jour d'existence, mesurait peut-être quatorze pieds de long et quelque six pieds à la taille. Les délicates nageoires pectorales et les palmes de sa queue avaient encore l'aspect froissé et fripé des oreilles d'un bébé fraîchement arrivé d'un autre monde.

Cependant, tandis que nous demeurions comme envoûtés, les scènes de fureur qui se déroulaient parfois au loin trahissaient l'activité des autres pirogues.

On a parfois accoutumé, lorsqu'on est amarré à une baleine d'une force et d'une vivacité au-dessus de la moyenne, de chercher à lui couper les jarrets, si l'on peut dire, en tranchant ou en mutilant le gigantesque tendon de sa caudale[1]. Pour ce faire, on utilise une pelle tranchante munie d'un manche court, à laquelle est attaché un filin qui permet de la ramener à soi. Un cachalot blessé de la sorte, semblait-il, avait emporté avec lui la moitié de la ligne du harpon, et, au paroxysme de la douleur, semait la terreur sur son passage.

Notre regard finit par découvrir que, par un de ces inimaginables accidents de la chasse, la pelle était restée

1. Caudale : nageoire arrière.

fichée dans ses chairs. Rendu fou par la souffrance, il se démenait comme un diable, barattait les eaux de toute la violence de sa souple nageoire, faisant voler autour de lui la pelle acérée, blessant et tuant ses propres compagnons.

Cet objet terrible parut tirer la troupe entière de l'effroi dans lequel elle était figée. Tout d'abord, les cachalots qui constituaient le bord de notre lac commencèrent à se rassembler en se bousculant un peu, comme soulevés par les dernières secousses d'une lame de fond venue de loin ; puis le lac lui-même se mit à s'agiter et à se gonfler faiblement.

Nous entendîmes bientôt un sourd grondement qui venait vers nous, et tels les blocs de glace qui roulent tumultueusement lors de la débâcle du grand fleuve Hudson[1] au printemps, toute la cohorte des cachalots se précipita pêle-mêle vers son centre, comme si elle avait l'intention d'y former par son amoncellement une unique montagne !

Aussitôt, Starbuck et Quiqueg changèrent de place, Starbuck s'installant à l'arrière.

– Lève rames ! lève rames ! chuchota-t-il d'une voix ardente en attrapant le gouvernail. Empoignez-moi vos avirons, et votre âme avec ! Mon Dieu, les gars, attention ! Écartez-le, Quiqueg… ce cachalot… là ! Pique ! Frappe !… Restez debout ! En avant, les gars… nagez !

La pirogue était maintenant bel et bien coincée entre deux énormes masses noires, qui ne laissaient entre elles

1. Hudson : fleuve coulant principalement dans l'État de New York.

qu'un détroit resserré. Mais grâce à nos efforts acharnés, nous pûmes parvenir jusqu'à une trouée provisoire que nous franchîmes rapidement en faisant force de rames. Après l'avoir plusieurs fois échappé belle, notre baleinière se glissa enfin dans ce qui avait été naguère l'un des cercles extérieurs, mais que ne traversaient plus à présent que de rares baleines esseulées nageant vigoureusement.

S'étant regroupés pour ne former qu'un seul bataillon aux rangs serrés, les cachalots reprirent leur fuite en avant à une vitesse accrue. Les poursuivre eût été vain ; mais les pirogues s'attardaient dans leur sillage afin de capturer ceux qui, entravés par les dragues, étaient demeurés à l'arrière et d'en amarrer un que Flask avait tué.

Le résultat de cette chasse illustre assez bien ce dicton avisé des pêcheurs : « Plus il y a de baleines, moins on en prend. » De tous les cachalots piqués au harpon à drague, un seul fut capturé. Le reste de la troupe parvint à s'échapper pour un temps, mais, nous l'allons voir, ne tarda guère à être repris par un autre bâtiment.

25

Le *Pequod* rencontre le *Bouton-de-Rose*

Une ou deux semaines s'étaient écoulées depuis la dernière scène de chasse, et notre navire glissait lentement sur des eaux somnolentes, dans la brume légère de midi, quand les nez du *Pequod*, nombreux sur le pont, se révélèrent de plus fins dépisteurs que les trois paires d'yeux des vigies dans la mâture. Une odeur très particulière et fort peu agréable venait de la mer.

– Je parierais, dit Stubb, qu'il y a dans les parages quelques-uns de ces cachalots que nous avons chatouillés l'autre jour avec des harpons à drague. Je pensais bien qu'ils n'allaient pas tarder à se trouver la quille en l'air.

Bientôt, les vapeurs s'écartèrent devant nous, découvrant à quelque distance un navire, un cétacé amarré à son flanc. Nous vîmes, en nous approchant, que l'étranger arborait le pavillon français, et le nuage tourbillonnant de vautours de la mer qui dessinaient des cercles dans les airs avant de fondre sur l'animal, attestait qu'il s'agissait là de ce que les pêcheurs appellent une baleine « soufflée », c'est-à-dire morte de mort naturelle et qui flotte sur l'eau.

On imagine sans mal quelle odeur nauséabonde pareille masse doit exhaler. Certains la trouvent si intolérable que la cupidité la plus féroce ne saurait les convaincre d'amarrer la carcasse à leur bord. Il en est pourtant qui n'y renoncent pas, bien que l'huile tirée de ces individus soit de qualité très inférieure.

Une brise expirante nous rapprocha un peu plus du Français, et nous pûmes constater qu'il remorquait une seconde baleine, l'un de ces cachalots douteux qu'une formidable dyspepsie, ou indigestion, semble condamner au dessèchement et à la mort, et dont la carcasse se révèle presque entièrement dépouillée de toute substance graisseuse.

Le *Pequod* se trouvait maintenant si près de l'étranger que Stubb jura qu'il reconnaissait le manche de sa pelle à découper pris dans les emmêlements des lignes autour de la queue d'un de ces cachalots.

– Que voilà un aimable garçon, railla-t-il, debout à l'avant. Un vrai chacal ! Je sais bien que ces grenouilles de Français ne brillent guère à la pêche, mais l'huile qu'il tirera de l'animal, personne n'en voudrait pour éclairer un cachot, pas même la cellule d'un condamné à perpétuité. Quant à l'autre cachalot, je suis sûr que j'obtiendrai plus d'huile en débitant et en faisant fondre nos trois mâts que lui de son paquet d'os, quoique… quand j'y pense maintenant… il se pourrait bien qu'il s'y trouve quelque chose d'infiniment plus précieux que de l'huile… oui… de l'ambre gris. Je me demande si le vieux y a pensé… Cela vaudrait la peine d'essayer. Oui, allons-y.

La brise faible avait fait place à un calme plat, de sorte que le *Pequod*, bien malgré lui, était maintenant bel et bien pris au piège de l'odeur et privé de tout espoir d'y échapper tant que le vent ne se lèverait pas à nouveau. Dès qu'il fut sorti de la cabine, Stubb rassembla l'équipage de sa baleinière et mit le cap sur l'étranger. Sur les bordages de poulaine[1], il put lire *Bouton-de-Rose* dessiné en hautes lettres d'or : tel était le nom romantique de cet odoriférant vaisseau.

Afin de pouvoir s'entretenir directement avec les marins du pont, il devait faire le tour de l'étrave et gagner le tribord du navire ; il allait donc se trouver tout contre le cachalot soufflé, et la conversation se déroulerait par-dessus la carcasse.

Parvenu à cet endroit, et se bouchant toujours les narines, il hurla :

– Ohé du *Bouton-de-Rose* ! Y a-t-il parmi vous des bourgeons qui parlent anglais ?

– Oui, répondit au bastingage un marin de Guernesey[2], qui se révéla être le second.

– Eh bien, *Rose-bud*, avez-vous vu la baleine blanche ?

– Baleine *franche* ?…

– Blanche !… la baleine blanche… un cachalot… Moby Dick… L'avez-vous vu ?

1. Poulaine : plate-forme triangulaire à l'avant du bateau souvent décorée de sculptures.
2. Guernesey : île anglo-normande.

– Jamais entendu parler d'une baleine pareille. Non.

Il remarqua alors que l'homme de Guernesey, qui venait de grimper dans les porte-haubans avec une pelle à découper, s'était maintenant enveloppé le nez dans une sorte de sac.

– Hé, qu'est-il arrivé à votre nez ? demanda Stubb. Il est cassé ?

– Je voudrais bien, et je préférerais même ne pas en avoir du tout ! répondit le marin de Guernesey, qui ne paraissait pas prendre un plaisir particulier au travail qu'il faisait.

– Blague à part… savez-vous bien, *monsieur Bouton-de-Rose-Bud*, qu'il est parfaitement absurde d'essayer de tirer de l'huile de ces baleines ? Quant à cet individu desséché, là, sa carcasse tout entière n'en donnera pas un canon[1].

– Je le sais fort bien, mais, voyez-vous, le capitaine n'en croit rien. C'est sa première croisière ; il était fabricant d'eau de Cologne auparavant. Mais montez donc à bord ; il vous croira peut-être, vous, plus facilement que moi, et je pourrai ainsi me libérer de cette sale corvée.

– Je ferai tout pour vous obliger, mon doux et charmant ami, répliqua Stubb, qui s'empressa de grimper sur le pont.

Une scène singulière s'offrit alors à ses regards. Les marins travaillaient assez lentement, parlaient vite et semblaient de méchante humeur. De temps à autre,

1. Canon : verre de vin (familier).

par petits groupes, ils abandonnaient leur ouvrage et s'envolaient au sommet du mât pour respirer un air plus pur.

Stubb eut avec le marin de Guernesey un petit brin de conversation, au cours de laquelle il lui exprima sa haine de l'ignorant prétentieux qu'était son capitaine, qui les avait tous mis dans une mélasse aussi peu ragoûtante que peu rémunératrice. Le sondant avec prudence, il comprit aussi que, pour ce qui touchait à l'ambre gris, l'autre n'en avait pas le moindre soupçon. Il resta donc muet sur ce chapitre, mais, pour le reste, parla sans réserve et avec une telle franchise que les deux hommes eurent tôt fait d'élaborer un petit plan pour ridiculiser le capitaine.

Le stratagème prévoyait que le marin de Guernesey, sous le couvert de son rôle d'interprète, dirait au capitaine tout ce que bon lui semblait, mais comme venant de Stubb qui, pour sa part, débiterait toutes les sornettes qui lui passeraient par la tête durant l'entretien.

La victime désignée sortit alors de la cabine. L'homme était de petite taille, brun de peau et d'apparence frêle pour un commandant de bord ; il portait cependant des favoris et une moustache bien fournis. Stubb fut poliment présenté à ce distingué personnage par le marin de Guernesey, qui se coula aussitôt avec ostentation[1] dans sa fonction d'interprète.

– Que vais-je lui dire pour commencer ? demanda le marin.

1. Ostentation : vanité.

– Eh bien, répondit Stubb, en promenant son regard sur la veste de velours, la montre et les breloques, vous pouvez commencer par lui dire qu'il me paraît un peu gamin, bien que je ne prétende pas m'ériger en juge.

– Il dit, *monsieur*, traduisit l'autre en se tournant vers son capitaine, que pas plus tard qu'hier son navire a hélé un vaisseau dont le capitaine et le second, ainsi que six marins, sont morts d'une fièvre causée par une baleine soufflée qu'ils avaient amarrée.

Le capitaine tressaillit et exprima son impatience d'en entendre davantage.

– Et maintenant ? s'enquit le second.

– Eh bien, puisqu'il réagit ainsi, dites-lui qu'après l'avoir soigneusement reluqué, je suis tout à fait persuadé qu'il n'est pas plus apte à commander un navire baleinier qu'un singe du Cap-Vert. En fait, dites-lui de ma part qu'il est un babouin.

– Il jure sur l'honneur, *monsieur*, que l'autre animal, le cachalot desséché, est bien plus dangereux que la baleine soufflée. Bref, *monsieur*, il nous conjure pour notre salut de larguer ces poissons.

Sans attendre un instant, le capitaine se précipita à l'avant et, d'une voix forte, ordonna à ses hommes de détacher les câbles et les chaînes qui maintenaient les baleines contre les flancs du navire.

– Et maintenant ? interrogea le marin de Guernesey lorsque le capitaine fut revenu.

– Voyons… laissez-moi réfléchir… Oui… vous pouvez lui dire que… à la réflexion… dites-lui que je l'ai roulé…

– Il dit, *monsieur*, qu'il est très heureux de vous avoir rendu service.

À ces mots, le capitaine conclut en invitant Stubb à venir boire une bouteille de vin de Bordeaux dans sa cabine.

– Remerciez-le chaleureusement, mais dites-lui qu'il est contraire à mes principes de trinquer avec l'homme que j'ai filouté. Soyons sérieux : dites qu'il faut que je parte.

Stubb avait déjà enjambé le bastingage et regagné sa baleinière, d'où il héla le marin de Guernesey, lui expliquant qu'il ferait tout son possible pour les aider en halant la plus légère des deux baleines. Ainsi, pendant que les baleinières du Français remorquaient dans un sens, Stubb éloignait complaisamment son cachalot dans la direction contraire, laissant aller avec ostentation un cordage d'une longueur exceptionnelle.

La brise se leva bientôt ; Stubb feignit de larguer son cachalot, et le Français, qui avait hissé ses pirogues, prit rapidement de la distance. Stubb ayant fait connaître ses intentions au *Pequod*, entreprit de récolter les fruits de sa fourberie. Il saisit la pelle tranchante de la pirogue et se mit à creuser un peu en arrière de la nageoire latérale. On eût dit qu'il ouvrait une cave dans la mer, et lorsque sa pelle heurta enfin les côtes décharnées, on aurait cru le voir dégager de la grasse terre d'Angleterre des tuiles et des poteries de l'Antiquité romaine. L'équipage au comble de l'excitation aidait fiévreusement son chef, avec l'impatience des chercheurs d'or.

Le découragement semblait gagner Stubb, d'autant

que l'abominable odeur devenait plus forte, quand soudain, du sein même de cette pestilence[1], s'échappa l'effluve discret d'un parfum.

– Je l'ai, je l'ai ! cria Stubb, transporté de joie. Un sac, un sac !

Lâchant sa pelle, il plongea ses deux mains à l'intérieur et en sortit des poignées d'une substance qui ressemblait à du savon de Windsor[2] ou à un fromage vieux, marbré et, de surcroît, onctueux et savoureux. Le doigt s'y enfonçait facilement, et sa teinte était à mi-chemin entre le jaune et le gris cendré.

C'était de l'ambre – qui se vend une guinée d'or l'once dans n'importe quelle droguerie. On en récolta six poignées, mais l'on eût pu en retirer bien davantage encore si n'avait retenti la voix forte et impatiente d'Achab, qui commandait à Stubb d'en finir et de remonter à bord, faute de quoi le navire lui ferait ses adieux, à lui et à son équipage.

Le terme *ambre gris* est un composé français qui désigne tout autre chose que l'ambre. L'ambre gris ne se récolte que dans le monde des eaux. En outre, l'ambre est une matière dure, transparente, friable et inodore ; l'ambre gris, lui, est ductile[3] comme la cire et dégage un arôme si puissant qu'on l'utilise généreusement dans la parfumerie, ainsi que dans la confection des pastilles à brûler, bougies de luxe, poudres à cheveux et pommades.

1. Pestilence : odeur infecte.
2. Windsor : ville du Royaume-Uni.
3. Ductile : malléable.

Qui donc pourrait imaginer que tout ce beau monde ferait ses délices d'une essence qu'on recueille dans les entrailles répugnantes d'une baleine malade ! C'est pourtant le cas.

26

Le naufragé

Il faut savoir que, sur un navire, tous les hommes d'équipage ne montent pas dans les baleinières. Quelques marins appelés « gardiens du navire » restent à bord et assurent la manœuvre du bâtiment tandis que les pirogues chassent le gibier. En règle générale, ces gardiens sont des gaillards aussi vigoureux que ceux qui composent les équipages des embarcations. Mais s'il se trouve à bord un gars particulièrement fluet, maladroit ou craintif, on en fera, à coup sûr, un gardien. C'était le cas, sur le *Pequod*, du petit nègre qui portait le sobriquet de Pépin, devenu Pip par abréviation.

Pip aimait la vie, et tout ce que la vie offre de paisible sécurité ; de sorte que ce métier de toutes les terreurs, dans lequel il s'était fait prendre – inexplicablement – comme dans un piège, avait terni son éclat de la plus triste façon.

Il se trouva que, lors de l'épisode de l'ambre gris, le canotier d'arrière de Stubb se foula le poignet et fut quelque temps estropié ; Pip prit donc temporairement sa place.

La première fois que Stubb mit à la mer avec lui, tout contact immédiat avec le cachalot lui fut épargné. La seconde fois, la baleinière nagea tout droit sur le cachalot ; en recevant le fer, le poisson donna l'habituelle secousse, dont l'effet se fit sentir alors juste sous le banc du pauvre Pip. Saisi d'une peur panique, il sauta par-dessus bord, la pagaie à la main, mais de telle manière que le mou de la ligne, venant à sa hauteur, s'enroula autour de sa poitrine au moment du plongeon. À cet instant même, le cachalot blessé se lança dans une course effrénée, la ligne se tendit soudain, et voilà notre pauvre Pip ruisselant d'écume prestement hissé jusqu'aux taquets[1] du plat-bord, entraîné sans ménagement par la ligne qui enserrait de plusieurs tours sa poitrine et son cou.

Tashtego haïssait Pip, à ses yeux un poltron. Tirant le couteau de pirogue de son fourreau, il en approcha la lame affilée de la ligne et, se tournant vers Stubb, l'interrogea :

– Couper ?

– Maudit soit-il ! Coupez ! rugit Stubb.

Ainsi le cachalot fut-il perdu, et Pip sauvé, mais il fut assailli de cris de rage et d'imprécations. Stubb attendit avec calme que se fût dissipé ce torrent d'injures contraires à toutes les règles, puis, d'une voix posée, en termes clairs, il lui prodigua maint conseil salutaire, qu'on résumera comme suit :

– Accroche-toi à la pirogue, Pip, ou, par Dieu, je ne

1. Taquet : pièce de bois permettant de bloquer un cordage.

te repêcherai plus si tu sautes. Tâche de t'en souvenir. Nous ne pouvons pas nous permettre de perdre des cachalots pour des gars de ton espèce.

Mais Pip sauta une nouvelle fois. Cela se passa dans des circonstances assez semblables à sa première mésaventure, mais alors il n'emporta pas la ligne avec lui, de sorte que lorsque le cachalot prit la fuite, Pip resta en arrière sur les flots. Hélas, Stubb ne fut que trop fidèle à sa parole. En trois minutes, un mille d'océan sans rivage avait éloigné Stubb de Pip.

Mais Stubb avait-il vraiment abandonné le pauvre petit nègre à son sort ? Non – du moins n'en avait-il pas eu l'intention. Car il y avait deux baleinières dans son sillage, et il imaginait, bien sûr, qu'elles auraient tôt fait de rejoindre Pip et de le repêcher.

Mais il advint que ces deux baleinières, qui n'avaient pas vu Pip, apercevant soudain des cachalots tout près, virèrent de bord et se lancèrent à leur poursuite ; la pirogue de Stubb était à présent bien loin, et l'horizon, tout autour de Pip, élargit peu à peu son cercle, affreusement. Le navire, par le plus grand des hasards, finit par le recueillir ; mais à partir de cette heure, le petit nègre erra sur le pont tel un idiot. La mer, en ricanant, avait épargné son corps fini, mais noyé l'infini de son âme.

27
Le fourneau

Outre ses embarcations suspendues à leurs potences, un navire baleinier américain se reconnaît extérieurement à son fourneau. C'est un peu comme si l'on avait transplanté sur son pont un four à briques qui se dressait auparavant en pleine campagne.

Le fourneau est installé entre le mât de misaine et le grand mât, la partie la plus spacieuse du pont. Cette construction de brique et de ciment est revêtue de bois sur les flancs, et recouverte par-dessus d'un grand panneau d'écoutille incliné et bien assuré. Lorsqu'on ôte ce panneau, on découvre les grandes chaudières, au nombre de deux, chacune d'une capacité de plusieurs barils. Quand on ne s'en sert pas, on les garde dans un état de parfaite propreté.

Un réservoir peu profond, qui s'étend sous toute la surface fermée de la cabousse[1], empêche la chaleur intense de se communiquer au pont. Grâce à un canal installé à l'arrière, le rafraîchissoir peut être continûment

1. Cabousse : la cuisine d'un navire, de l'anglais *caboose*.

empli d'eau à mesure que celle-ci s'évapore. Il n'y a pas de cheminées extérieures : elles s'ouvrent directement dans le mur arrière.

Il était à peu près neuf heures du soir lorsque le fourneau du *Pequod* fut allumé pour la première fois au cours de cette campagne. Il revenait à Stubb de diriger les opérations.

– Paré ? Alors, ôtez le panneau d'écoutille, et allumez les feux.

Le cachalot, dès qu'il commence à flamber, fournit son propre combustible et brûle au feu de son propre corps. Que n'absorbe-t-il également la fumée qu'il dégage ! Car cette fumée est une chose horrible à respirer. Elle répand une odeur indescriptible, âcre, que l'on pourrait comparer à celle qui flotte au voisinage des bûchers funéraires hindous.

À minuit, l'activité des chaudières était à son comble. La carcasse avait été larguée ; le vent fraîchissait ; sur le fauve océan, l'obscurité était profonde. Les harponneurs, armés d'énormes piques fourchues, jetaient dans les cuves brûlantes de gros morceaux de lard qui y tombaient en sifflant, ou attisaient les feux au-dessous avec vigueur. À chaque tangage du navire répondait un semblable tangage de l'huile bouillante dans les cuves.

En face des bouches des chaudières, de l'autre côté de l'âtre de bois, se trouvait le guindeau. C'était un véritable sofa marin. Les hommes s'y délassaient lorsqu'ils n'avaient pas d'occupation particulière ; ils regardaient longuement les rougeoiements du feu. Et tandis qu'ils se racontaient leurs aventures sacrilèges, narraient d'un ton allègre leurs récits de terreur, que fusaient de leur gorge des rires barbares ; tandis que devant eux les harponneurs passaient et repassaient en gesticulant avec leurs énormes fourches et leurs écumoires, que le vent hurlait sans discontinuer et que les flots bondissaient, que le navire grondait et piquait, et menait sans faiblir son enfer rougeoyant toujours plus loin dans la noirceur des eaux et de la nuit, à ce moment le *Pequod*, dans sa course éperdue, avec son fret de sauvages, chargé de feu et brûlant un cadavre, plongeant dans ces obscures ténèbres – à ce moment le navire semblait bien être la réplique matérielle de l'âme du monomaniaque qui le commandait.

L'huile encore chaude est versée, tel un punch brûlant, dans des fûts de six barils ; et alors même que le navire tangue et roule sur les eaux de minuit, ces énormes barriques pivotent, culbutent et parfois s'échappent dangereusement sur le pont glissant jusqu'à ce que des mains s'en saisissent et arrêtent leur course ; et à cet instant, chaque matelot fait office de tonnelier.

Enfin, lorsque la dernière pinte[1] est enfûtée[2] et que tout est refroidi, on descelle[3] les panneaux des grandes écoutilles, découvrant ainsi les entrailles du navire, et les barriques disparaissent dans leur dernière demeure marine. Cela fait, les panneaux sont remis en place et hermétiquement fermés.

1. Pinte : récipient contenant 0,56 litre dans les pays anglo-saxons.
2. Enfûtée : mise en fût.
3. Descelle : détache.

Un jour, les ponts ruissellent de flots de sang et d'huile ; sur le sacro-saint gaillard d'arrière, d'énormes quartiers de la tête du cachalot forment des amas sacrilèges ; de gros barils rouillés traînent çà et là comme dans une cour de brasserie ; la fumée des chaudières a souillé de suie le bastingage ; le navire tout entier semble être devenu léviathan lui-même ; et de tout côté le vacarme est assourdissant.

Mais un jour ou deux plus tard, vous promenez vos regards autour de vous, tendez l'oreille sur ce même bord et vous seriez prêt à jurer que vous foulez les planches d'un navire marchand silencieux, dont le capitaine est particulièrement strict sur le chapitre de la propreté.

L'huile de cachalot à l'état brut possède un singulier pouvoir détergent. C'est la raison pour laquelle les ponts ne paraissent jamais aussi blancs qu'après ce que les marins appellent « une petite séance de graissage ».

En outre, on fabrique aisément une puissante lessive à partir des cendres des déchets brûlés de la baleine. Les hommes s'affairent tout le long des bastingages et, armés de bailles et de chiffons, les rendent à leur bel aspect d'origine. Les nombreux ustensiles dont on a fait usage sont eux aussi soigneusement nettoyés et rangés. La grande écoutille est récurée et replacée sur les fourneaux, de manière à dissimuler complètement les cuves ; tous les palans sont lovés dans d'invisibles recoins ; et lorsque le labeur de presque tous les membres de l'équipage a mis un terme à cette tâche minutieuse, ce sont les hommes qui procèdent à leur tour à leurs propres ablutions[1], se changent de la tête aux pieds, et font enfin leur apparition sur le pont immaculé, frais et pimpants comme de jeunes mariés.

Mais là-haut, à la pomme des trois mâts, trois vigies guettent, cherchant à repérer d'autres baleines qui, si elles sont prises, souilleront derechef, infailliblement, les vieux meubles de chêne et laisseront au moins une petite tache de graisse quelque part. Oui ; et c'est bien souvent que les pauvres diables, alors qu'ils achèvent de boutonner le col de leur chemise propre, sursautent en entendant le cri « Souffle là ! » et s'élancent à la poursuite d'une autre baleine, et le même cycle fastidieux[2] recommence.

Oh ! cela vous tue son homme ! Mais c'est la vie.

1. Ablution : action de se laver.
2. Fastidieux : lassant, fatigant.

28

Bras et jambe.
Le *Pequod* de Nantucket rencontre le *Samuel Enderby* de Londres

– Ohé du navire ! As-tu vu le cachalot blanc ?

C'est ainsi qu'une fois encore Achab hélait un navire portant les couleurs anglaises, qui nous croisait sur notre arrière. Son porte-voix à la bouche, le vieil homme se tenait dressé dans la baleinière de hanche suspendue à son bossoir ; la jambe d'ivoire était pleinement exposée au regard du capitaine étranger, négligemment incliné à la proue de son propre canot. C'était un bel homme de forte carrure d'une soixantaine d'années, au teint basané, à la mine avenante ; il était vêtu d'un ample caban de drap pilote bleu qui tombait en festons[1] autour de sa personne, et dont une manche vide flottait derrière lui comme la manche brodée d'un surtout de hussard[2].

– As-tu vu le cachalot blanc ?

– Et toi, vois-tu bien ceci ?

1. En festons : suivant une ligne formée d'arcs accolés.
2. Surtout de hussard : vêtement de soldat de cavalerie ample porté par-dessus les habits.

Ce disant, il dégagea son bras de sous les plis qui le dissimulaient – et leva en l'air un membre blanc en os de cachalot qui se terminait par une tête de bois pareille à un maillet.

– Armez mon canot ! cria Achab impétueusement.

En moins d'une minute, Achab et ses hommes furent déposés sur l'eau ; peu après, ils se trouvaient contre le flanc de l'étranger. Mais une curieuse difficulté survint. Dans l'excitation du moment, Achab avait oublié que, depuis la perte de sa jambe, il n'avait foulé d'autre pont de navire que le sien, et ce, grâce à un ingénieux et très commode appareillage mécanique particulier au *Pequod*, mais qu'il eût été impossible d'installer sans délai sur tout autre bâtiment.

Or, c'est une chose fort malaisée de grimper sur un navire depuis une baleinière en pleine mer, car les lames puissantes soulèvent le canot jusqu'aux pavois, pour le faire aussitôt retomber à mi-chemin de la contre-quille[1]. De sorte que, privé d'une jambe, et le navire étranger ne disposant évidemment pas de la précieuse invention, Achab se trouvait ignominieusement[2] réduit à l'état de terrien maladroit, et jetait des regards impuissants vers les hauteurs incertaines et mouvantes qu'il ne pouvait espérer atteindre.

Mais l'embarras ne dura qu'un instant : le capitaine étranger ayant, d'un coup d'œil, jugé de quoi il retournait, s'écria :

1. Contre-quille : pièce de bois, la plus longue et la plus grosse du fond de cale.
2. Ignominieusement : d'une manière déshonorante.

– Vite, mes garçons, amenez le palan de dépècement !

Il fut rapidement descendu jusqu'à Achab qui, comprenant aussitôt la manœuvre, glissa sa cuisse solitaire dans l'arc du crochet, se cramponna, mais aida également à hisser son propre poids en halant des deux mains la manœuvre courante de la poulie. Peu après, il était soigneusement amené au-dessus du pont et on le déposa bientôt avec douceur. Son bras d'ivoire tendu avec cordialité en signe de bienvenue, l'autre capitaine s'avança et Achab, levant sa jambe d'ivoire pour la croiser avec le bras d'ivoire, s'écria, avec ses façons de vieux morse :

– Serrons-nous la pince ! Croisons nos os ! Un bras et une jambe ! Un bras qui jamais ne pliera, vois-tu, et une jambe qui jamais ne fuira. Où as-tu vu le cachalot blanc ? Et quand était-ce ?

– Le cachalot blanc, répondit l'Anglais en pointant l'ivoire de son bras vers l'est, c'est là-bas que je l'ai vu, sur la Ligne, la saison passée.

– Et il a emporté ce bras, n'est-ce pas ? Que s'est-il passé ? dit Achab.

– J'ignorais tout du cachalot blanc à cette époque. Un jour, nous mettons à la mer pour quatre ou cinq cachalots, et ma pirogue amarre l'un d'eux. Un vrai cheval de cirque… il tourne et tourne en rond comme les ailes d'un moulin, de sorte que mes hommes, pour conserver l'assiette du canot, doivent tous poser leur cul sur le plat-bord opposé. Et soudain, du fond de l'océan, brèche un gros cachalot ; il a la tête et le front d'une blancheur de lait, et tout couverts de pattes d'oie et de rides.

– C'était lui ! C'était lui ! s'exclama Achab, libérant un souffle jusqu'alors retenu.

– Il y avait des harpons plantés près de sa nageoire de tribord.

– Oui, oui… ce sont les miens… ce sont mes fers, exulta Achab. Continue !

– Si seulement tu m'en donnes l'occasion, repartit l'Anglais avec bonne humeur. Eh bien… cet ancêtre bossu à tête blanche commence à mordre furieusement ma ligne de harpon.

– Oui, je vois… il voulait la couper… libérer le poisson amarré… c'est un de ses vieux trucs, je le connais.

– Je ne sais ce qu'il en était exactement, continua le commandant manchot ; mais comme il mordillait la ligne, elle se prit dans sa mâchoire et s'entortilla. De sorte que, plus tard, quand nous halons dessus, nous nous retrouvons d'un bond en plein sur sa bosse à lui, au lieu de l'autre qui s'enfuit au vent en battant de la queue. Voyant ce qui se passait, et à quel magnifique animal nous avions affaire – le plus noble, monsieur, le plus gros que j'aie jamais vu –, je résolus de l'attraper malgré cette fureur bouillonnante qui semblait être la sienne. Jugeant que l'arrimage de fortune allait se détacher, ou que la dent à laquelle la ligne était enroulée allait être arrachée, je sautai dans la baleinière de mon second, saisis le premier harpon et l'envoyai à ce vénérable aïeul. Mais, Seigneur ! écoutez, monsieur… l'instant suivant, j'étais aussi aveugle qu'une chauve-souris… privé de mes deux yeux, réduit à néant, noyé dans un brouillard noir… je ne distinguais vaguement que la queue du cachalot dressée sur l'eau. Comme je tâtonnais à la recherche du second fer, la queue s'abat, s'écroule, sectionnant ma baleinière en deux, pulvérisant chacune des moitiés ; et, la queue la première, la bosse blanche s'en vient à reculons vers l'épave. Tous tentent de s'écarter. Pour échapper à ces terribles coups de battoir, je saisis le manche de mon harpon planté dans sa chair et m'y cramponne un moment comme un rémora[1]. Mais une lame déferlante m'en arrache et, à cet instant, l'animal se précipite en avant et sonde à la vitesse de l'éclair ; et les barbes de ce maudit second fer, emporté à mes côtés, m'attrapèrent ici… *(Il plaqua sa main juste au-dessous son épaule.)* les pointes me labourèrent les chairs tout le long du bras… et ressortirent près du poignet, et je remontai à la surface… Ce gentleman que voici vous racontera le reste. À propos, capitaine… le Dr Labonde, chirurgien du bord… Et maintenant, Labonde, mon garçon, racontez-nous votre partie de l'histoire.

– C'était une fort mauvaise blessure, commença le chirurgien baleinier, et, sur mon conseil, le capitaine mit le cap de notre bon vieux *Sammy*…

– … le *Samuel Enderby*… c'est le nom de mon navire, interrompit le capitaine.

– … mit le cap au nord-ouest, afin d'échapper à la fournaise de la Ligne. Mais rien n'y fit… malgré tous mes efforts… la blessure ne cessait d'empirer. Bref, elle

1. Rémora : poisson qui se colle comme une ventouse au gros poisson qui le transporte.

devenait noire. Je savais ce que cela voulait dire, et j'amputai. Mais je ne suis pour rien dans le montage de ce bras d'ivoire ; cette… chose est contraire à toutes les règles. C'est le travail du capitaine, et non le mien

– Qu'est devenu le cachalot blanc ? s'exclama Achab.

– Ah ! répondit le capitaine manchot. Eh bien, après qu'il eut sondé, nous ne le revîmes pas de quelque temps ; en fait, comme je vous l'ai laissé entendre, je ne savais pas alors quel était le cachalot qui m'avait joué ce tour ; c'est seulement plus tard, alors que je revenais sur la Ligne, que nous avons entendu parler de Moby Dick, et que j'ai compris que c'était lui.

– As-tu croisé son sillage à nouveau ?

– Deux fois.

– Sans pouvoir le harponner ?

– Je n'ai pas voulu essayer : un membre perdu me suffit bien. Que ferais-je sans cet autre bras ? D'ailleurs, j'ai tendance à penser que Moby Dick avale plutôt qu'il ne mord. Je sais bien que le tuer serait un exploit glorieux, et qu'il y a en lui une pleine cale de spermaceti, mais… écoutez-moi : mieux vaut le laisser tranquille. Ce n'est pas votre avis, capitaine ? demanda-t-il en baissant les yeux sur la jambe d'ivoire.

– Il vaut mieux, en effet… Mais on n'en continuera pas moins à le chasser. Quand l'as-tu vu pour la dernière fois ? Dans quelle direction allait-il ?

– Il se dirigeait vers l'est, je crois.

L'instant d'après, Achab se tenait debout à l'avant de son embarcation et son équipage de Philippins bondissait sur les avirons. Ce fut en vain que le capitaine anglais le héla. Le dos tourné au navire étranger, montrant au sien un visage de silex, Achab demeura droit et ferme à sa place jusqu'à ce qu'il eût atteint le flanc du *Pequod*.

29

La jambe d'Achab

La manière précipitée avec laquelle le capitaine Achab avait quitté le *Samuel Enderby* n'avait pas laissé de produire quelque dommage sur sa personne. Il avait atterri avec une telle violence sur un banc de sa baleinière que sa jambe d'ivoire en avait été à demi fendue. Et lorsque, après avoir regagné son pont et le trou qui y était creusé, il se retourna avec véhémence pour donner un ordre urgent au timonier, l'ivoire déjà fêlé subit une nouvelle et forte torsion ; certes, la jambe demeurait entière et gardait toutes les apparences de la solidité, mais Achab ne la jugea plus tout à fait digne de confiance et il appela le charpentier.

Et lorsque cet homme de l'art se présenta devant lui, il lui commanda de s'atteler sans délai à la confection d'une nouvelle jambe, et ordonna aux officiers de veiller à lui procurer tous les clous et chevilles en ivoire de cachalot qu'on avait accumulés pendant la campagne, afin qu'il pût sélectionner avec soin les matériaux les plus résistants et du grain le plus fin. Cela fait, le charpentier reçut l'ordre de réaliser son ouvrage cette même nuit.

Le lendemain matin, selon l'usage, les hommes étaient aux pompes[1] lorsque l'on découvrit qu'une quantité non négligeable d'huile montait avec l'eau ; il devait y avoir en bas une fuite importante dans les barils. La situation était préoccupante et Starbuck descendit dans la cabine pour faire son rapport sur cette vilaine affaire.

Le *Pequod*, venant du sud-ouest, approchait maintenant de Formose[2] et des îles Bachi entre lesquelles roulent les eaux tropicales de la mer de Chine avant de se jeter dans le Pacifique. Sa nouvelle jambe d'ivoire, blanche comme neige, calée contre celle – vissée au sol – de la table, tenant à la main un couteau de poche à lame en forme de serpe, Achab, le dos tourné à la porte, traçait une fois encore ses immuables routes de chasse.

– Qui est là ? lança-t-il en entendant le pas sur le seuil, mais sans se retourner.

– C'est moi, capitaine Achab. L'huile fuit dans la cale, monsieur. Nous devons hisser les petits palans et décharger.

– Hisser les petits palans et décharger ? Maintenant que nous approchons du Japon ? Mettre en panne ici, toute une semaine, pour rafistoler un lot de vieux cerceaux ?

– Faites cela, monsieur, ou nous perdons en un jour plus d'huile que nous n'en pouvons tirer en une année.

1. Pompe : la pompe de cale sert à évacuer l'eau du bateau.
2. Formose : nom donné à l'île de Taïwan.

Ce qui nous a fait parcourir vingt mille milles mérite d'être sauvé, monsieur.

– Certes, oui... certes... si nous l'attrapons.

– Je parlais de l'huile dans la cale, monsieur.

– Moi pas, et je n'y pensais même pas du tout. Hors d'ici ! Laisse fuir ! Qui pourrait trouver une voie d'eau dans cette coque si lourdement chargée ? Et quand bien même on la découvrirait, comment espérer l'aveugler ? Starbuck ! Je ne ferai pas hisser les palans.

– Que vont dire les armateurs, monsieur ?

– Qu'ils restent plantés sur la grève de Nantucket ! Les armateurs... les armateurs ? Tu passes ton temps à me débiter des niaiseries sur ces grigous[1], comme si les propriétaires étaient ma conscience. Mais ma conscience est dans la quille de ce navire. Sur le pont !

– Capitaine Achab, dit en rougissant le second ; et il pénétra plus avant dans la cabine avec une audace singulièrement respectueuse et prudente. Un homme meilleur que moi passerait volontiers sur ce qu'il prendrait en mauvaise part venant d'un homme plus jeune que vous, et... plus heureux.

– Sacrebleu ! Oserais-tu donc émettre en pensée la moindre critique à mon endroit ? Regagne le pont !

– Non, monsieur, pas encore. Ne pouvons-nous nous comprendre l'un l'autre mieux que nous ne l'avons fait jusqu'à présent, capitaine Achab ?

Achab saisit alors un fusil chargé et, le braquant sur Starbuck, s'écria :

1. Grigou : homme d'une excessive avarice.

– Un capitaine, un seul, est le maître du *Pequod*. Sur le pont !

Pendant un instant, on aurait pu croire, au regard étincelant du second et à ses joues enflammées, qu'il avait reçu la déflagration du canon pointé sur lui. Mais, dominant son émotion, il s'apprêtait à partir, à demi calmé ; sur le seuil, il s'arrêta un moment et dit :

– Vous m'avez outragé, mais non point insulté, monsieur ; mais défie-toi de toi-même, vieil homme !

– Il devient courageux, mais n'en obéit pas moins. La prudente bravoure que voilà ! murmura Achab, tandis que Starbuck disparaissait. Que disait-il ?... qu'Achab se défie d'Achab... il y a de la vérité là-dedans...

Puis, se servant machinalement du mousquet comme d'une canne, il se mit à arpenter la petite chambre, toujours avec un front d'airain[1] ; au-dessus des sourcils, bientôt, les rides profondes se détendirent et, après avoir remis l'arme dans le râtelier, il monta sur le pont.

– Tu n'es qu'un trop brave garçon, Starbuck, dit-il d'une voix basse au second ; puis, élevant la voix, il commanda à l'équipage :

– À ferler[2] les voiles de perroquet ! Au bas ris les huniers[3], à l'avant et à l'arrière ! Brassez la grand-vergue ! Hissez les petits palans et déchargez la cale !

Il serait probablement vain d'émettre des hypothèses sur la raison qui poussait Achab à agir de la sorte

1. Avoir un front d'airain signifie rester ferme, être impitoyable.
2. Ferler : replier une voile et l'attacher autour d'une vergue.
3. Au bas ris les huniers : réduisez la surface des voiles pour affronter le mauvais temps.

à l'égard de Starbuck. Peut-être un éclair d'honnêteté avait-il jailli en lui ; ou encore la simple prudence politique lui interdisait-elle absolument, en la circonstance, que fût perçu le moindre signe de désaffection, même passager, du premier et plus important officier de son bord. Quoi qu'il en fût, ses ordres furent exécutés et les palans hissés.

30

Quiqueg dans son cercueil

En cherchant bien, on découvrit que les derniers barils mis en cale étaient parfaitement étanches et que la fuite devait se trouver plus au fond. Comme le temps était calme, on fouilla toujours plus avant dans les profondeurs On parvint fort loin, parmi les tonneaux du plan inférieur, dont l'aspect était ancien, corrodé[1], moussu. À la fin, le pont était à ce point encombré qu'il devint difficile d'y circuler ; et la coque creuse résonnait sous les pas comme une catacombe[2] vide, roulait et tanguait sur les flots.

Ce fut à ce moment que Quiqueg, mon ami, fut pris d'une fièvre qui faillit bien le faire passer de vie à trépas.

Il faut dire que dans le monde de la pêche de la baleine, le grade et le danger vont de pair ; avant d'arriver au rang de capitaine, plus on s'élève, plus dure est la tâche. Ainsi en allait-il de Quiqueg qui, en sa qualité de harponneur, devait non seulement affronter les fureurs

1. Corrodé : usé, altéré.
2. Catacombe : cimetière souterrain.

du cachalot vivant, mais encore monter sur le dos de l'animal mort dans une mer houleuse, et enfin descendre dans les ténèbres de la cale, transpirer à grosses gouttes tout le jour dans cette prison souterraine, manipuler vigoureusement les barils les plus encombrants et veiller à leur arrimage.

Pauvre Quiqueg ! Alors que le navire était à demi vidé de ses entrailles, si vous vous étiez penché sur l'écoutille, vous auriez aperçu tout en bas, vêtu de ses seuls pantalons de laine, le sauvage tatoué qui pataugeait dans la vase et l'humidité, pareil à un lézard moucheté de vert au fond d'un puits. Il fut saisi d'un refroidissement terrible qui dégénéra en fièvre et le cloua enfin, après quelques jours de souffrance, dans son hamac au seuil des portes de la mort. On le vit dépérir et dépérir toujours plus au long de ces quelques journées interminables.

Il n'était pas un homme de l'équipage qui ne le considérât comme perdu ; quant à lui, ce qu'il pensait de son état s'exprima clairement par une curieuse faveur qu'il sollicita.

Il expliqua que, pendant son séjour à Nantucket, il avait vu certains petits canoës faits d'un bois sombre, et il avait appris que tous les marins baleiniers qui mouraient à Nantucket étaient couchés dans ces canoës sombres, et l'idée de se voir semblablement allongé lui avait beaucoup plu, en raison de la ressemblance de cet usage avec une coutume de sa race, qui veut que, après avoir embaumé un guerrier, on l'étende dans son canoë et laisse les flots l'emporter jusqu'aux archipels des étoiles. Il ajouta qu'il frémissait à l'idée d'être enseveli dans son hamac selon l'usage marin et jeté comme un vil déchet aux requins dévoreurs de charogne. Non, il désirait un canoë comme ceux de Nantucket, même si ce choix impliquait une navigation incertaine et une longue dérive dans la pénombre des siècles.

Le charpentier reçut aussitôt l'ordre de satisfaire au vœu de Quiqueg. Il y avait à bord une vieille pièce de bois d'allure barbare, couleur de cercueil, et c'est avec ces planches sombres qu'on lui recommanda de confectionner le cercueil. Le charpentier saisit sa règle, descendit dans le gaillard d'avant et prit, avec la plus grande précision, les mesures de Quiqueg, traçant à la craie des repères sur son corps chaque fois qu'il déplaçait la règle.

Cela fait, il rassembla les planches et ses outils, et se mit à l'ouvrage. Quand le dernier clou fut planté, le couvercle dûment raboté et ajusté, il jeta le cercueil sur son épaule et s'en fut vers l'avant, s'enquérant si l'on était déjà prêt à s'en servir par là-bas.

Quiqueg, à la consternation générale, demanda que l'objet lui fût amené à l'instant, ce qu'il fut impossible de lui refuser. Penché sur le bord de son hamac, il contempla longuement le cercueil d'un œil attentif. Puis il réclama son harpon, en fit retirer le manche de bois et déposer le fer, ainsi qu'une pagaie de sa baleinière, dans le cercueil. Toujours à sa requête, du biscuit fut placé sur les côtés, un flacon d'eau douce à la tête, et aux pieds un petit sac de terre des bois raclée dans la cale ; ensuite, un morceau de toile à voile fut roulé pour lui servir d'oreiller.

Quiqueg alors pria qu'on le portât sur sa dernière couche, afin qu'il pût juger de ses commodités. Il demeura étendu là quelques instants, puis demanda qu'on aille chercher dans son sac son petit dieu Yojo. Alors, croisant les bras sur sa poitrine avec Yojo au milieu, il réclama que le couvercle du cercueil fût mis en place. La partie supérieure du couvercle se rabattait au moyen d'une charnière de cuir ; et Quiqueg se trouva donc allongé dans son cercueil, n'offrant rien d'autre aux regards que son visage tranquille. Puis, il fit signe qu'on le replace dans son hamac.

Mais maintenant qu'il avait apparemment pris toutes les dispositions pour affronter la mort, Quiqueg, tout à coup, revint à la vie ; il apparut bientôt que la boîte du charpentier n'avait plus aucune utilité. Là-dessus, lorsque certains exprimèrent leur surprise réjouie, il répondit en substance que la cause de ce soudain rétablissement était la suivante : à un certain moment critique, il s'était ressouvenu d'une petite obligation à terre qu'il n'avait pas remplie ; il s'était donc ravisé à propos de sa mort : il ne pouvait pas mourir encore, affirma-t-il.

C'est ainsi que mon Quiqueg recouvra rapidement ses forces ; et après être resté quelques jours indolemment assis sur le guindeau, il sauta soudain sur ses pieds, s'étira et s'ébroua vigoureusement, bâilla discrètement et, bondissant à l'avant de sa baleinière suspendue, saisit un harpon et se déclara prêt au combat.

Par un caprice étrange, il utilisa désormais son cercueil comme un coffre personnel ; il y rangea tout le contenu de son sac de vêtements. Il passa de nombreuses heures de loisir à sculpter sur le couvercle toutes sortes de figures et de dessins grotesques ; on eût dit que, ce faisant, il s'efforçait d'y copier, à sa façon toute rudimentaire, des parties des tatouages sinueux qui ornaient son corps.

31

La forge

Lorsque, glissant le long des côtes des îles Bachi, nous parvînmes enfin dans les eaux de la grande mer du Sud, j'aurais pu saluer mon cher Pacifique car la longue supplication de ma jeunesse était à cet instant satisfaite : l'océan serein déroulait sous mes yeux, vers l'est, mille lieues[1] de flots bleus.

Il y a on ne sait quel délicat mystère dans cet océan, dont la douce et inquiétante respiration semble vous parler d'une âme cachée en son sein. Et sur l'immense houle de ces prairies liquides, les lames se soulèvent et s'abaissent, fluent et refluent incessamment, car ici des millions d'ombres et de fantômes, de songes engloutis, de rêveries – tout ce que nous appelons les vies et les âmes gisent, perdues dans des rêves sans fin, se tournant et se retournant comme des dormeurs sur leur couche, et leur agitation fait rouler les lames de ce roulement perpétuel.

Achab se tenait telle une statue d'airain, à sa place

1. Lieue : mesure de distance maritime valant 5 556 mètres.

accoutumée au pied du gréement d'artimon, humant l'haleine salée de ce Nouveau Monde liquide – cette mer où devait nager, en ce moment même, le cachalot blanc exécré[1].

Lancé enfin sur ces eaux où s'annonçait peut-être le terme de sa chasse, et glissant vers les parages de pêche du Japon, le dessein du vieil homme gagnait encore en détermination. Ses lèvres fermes se serraient ; les veines de son front se gonflaient comme des ruisseaux débordants ; et dans son sommeil même, son cri perçant retentissait sous la voûte de la coque :

– À l'arrière tous ! Le cachalot blanc souffle son sang !

Vers midi, Perth, la barbe en broussaille, enveloppé d'un tablier rêche en peau de requin, se tenait entre sa forge et son enclume lorsque le capitaine Achab parut, portant un petit sac de cuir à l'air racorni. Il s'arrêta et demeura immobile jusqu'à ce que Perth, après avoir retiré son fer des charbons ardents, eut commencé à le battre sur l'enclume, faisant jaillir de la masse incandescente[2] d'épais vols d'étincelles, dont quelques-uns vinrent tournoyer tout près d'Achab.

– Sont-ce là tes pétrels[3], Perth ? Ils ne quittent jamais ton sillage… Des oiseaux de bon augure, mais pas pour tout le monde… Regarde… là… ils s'enflamment. Mais toi… tu vis parmi eux sans recevoir la moindre brûlure.

– C'est que je suis brûlé de partout, capitaine Achab,

1. Exécré : haï.
2. Incandescente : brûlante.
3. Pétrel : oiseau aux pieds palmés vivant en haute mer.

répondit Perth, se reposant un instant sur son marteau. Il n'y a plus rien à brûler chez moi ; le feu n'attaque pas facilement une cicatrice.

– Comment peux-tu endurer sans sombrer dans la folie ? Le Ciel te hait-il à ce point que la folie te soit ainsi épargnée ? Que faisais-tu là ?

– Je corroyais[1] une vieille tête de pique, monsieur, elle avait des brèches et des bosselures.

– Ah ! Regarde ceci.

Achab fit tinter le sac de cuir, comme s'il était empli de pièces d'or.

– Je veux moi aussi un harpon, Perth, une arme que mille couples de démons ne sauraient rompre, et qui restera plantée dans la baleine aussi fermement que l'os de sa propre nageoire. Voilà ce qu'il te faut !

Et il jeta la bourse sur l'enclume.

– Ce sont des clous, forgeron, qui proviennent des fers de chevaux de course.

– Des clous de fer à cheval ? Eh bien, capitaine Achab, tu as là le meilleur métal, le plus robuste avec lequel un forgeron puisse travailler.

– Je le sais. Vite, forge-moi le harpon ! Mais forge-moi d'abord douze tiges pour sa hampe. Vite ! Je soufflerai le feu.

Quand les douze tiges furent faites, Achab les éprouva l'une après l'autre en les ployant à la main autour d'une longue et lourde cheville de fer.

Perth s'apprêtait à corroyer les douze pièces quand

1. Corroyais : soudais à chaud.

Achab arrêta sa main et déclara qu'il forgerait lui-même son fer. Tandis qu'il frappait sur l'enclume avec des ahans[1] réguliers, que Perth lui tendait l'une après l'autre les tiges rougeoyantes, et que la forge durement poussée lançait haut une flamme droite et intense, le Parsi[2] passa en silence et, courbant la tête en direction du feu, parut invoquer quelque malédiction ou bénédiction sur l'ouvrage. Mais au moment où Achab leva les yeux, il s'éloigna.

– Pourquoi ce paquet de bûchettes soufrées vient-il rôder par ici ? murmura Stubb, qui contemplait la scène du gaillard d'avant. Ce Parsi sent le feu comme le bout d'une allumette-tison ; et il dégage même l'odeur du bassinet[3] encore brûlant d'un mousquet.

Le manche, devenu une pièce unique, fut porté une dernière fois au feu et comme Perth, pour la tremper, la plongeait, sifflante, dans le baquet d'eau qui se trouvait là :

– J'ai une crainte, capitaine Achab. Ce harpon… ne serait-il pas pour le cachalot blanc ?

– Pour le démon blanc ! À présent, les barbelures[4]… C'est toi qui devras les faire, mon gaillard. Voici mes rasoirs… le meilleur acier. Prends, et fais ces barbelures aussi tranchantes que les aiguilles de glace des mers polaires.

Le vieux forgeron contempla un moment les rasoirs comme s'il eût préféré ne pas s'en servir.

1. Ahan : cri d'essoufflement accompagnant un effort.
2. Parsi : habitant de l'Inde d'origine perse.
3. Bassinet : partie d'une arme à feu dans laquelle on plaçait la poudre d'amorce.
4. Barbelure : réseau de pointes disposées en barbes d'épi.

– Prends-les, je n'en ai plus besoin ; désormais je cesse de me raser, de dîner, de prier jusqu'à ce que… mais allons… Au travail !

Façonné en pointe de flèche et soudé par Perth au manche, l'acier vint bientôt parachever le dard ; et comme le forgeron s'apprêtait à chauffer au rouge les barbelures pour la dernière fois avant de les tremper, il demanda à Achab d'une voix forte d'approcher le baquet d'eau.

– Non, non… ce n'est pas de l'eau qu'il faut ici. Je veux la vraie trempe de la mort. Ohé, vous là-bas ! Tashtego, Quiqueg, Daggou ! Qu'en dites-vous ? Me donnerez-vous tout le sang qu'il faut pour y plonger ce dard ? demanda le capitaine en brandissant haut le fer.

Trois sombres hochements de tête lui répondirent en chœur. Trois incisions furent faites dans les chairs païennes, et les barbelures du cachalot blanc furent trempées.

– *Ego non baptizo te in nomine patris, sed in nomine diaboli*[1] ! hurla Achab frénétiquement, tandis que le fer incandescent étanchait sa soif maligne dans le sang baptismal[2].

1. « Je ne te baptise pas au nom du Père, mais au nom du diable ! »
2. Baptismal : relatif au baptême.

32

Le *Pequod* rencontre le *Célibataire*

Quelques semaines après que le harpon d'Achab eut été forgé, la brise nous apporta un bruyant spectacle.

C'était un navire de Nantucket, le *Célibataire*, qui venait tout juste d'arrimer son dernier baril d'huile et de fermer au verrou ses écoutilles pleines à craquer. Il faisait, dans l'allégresse, la tournée des bâtiments très dispersés sur ces parages, avant de pointer sa proue vers son port d'attache.

On voyait, aux potences de l'arrière, une baleinière suspendue la quille en l'air, et, se balançant au beaupré, la longue mâchoire inférieure du dernier cachalot que les hommes avaient tué. Deux barils de spermaceti étaient amarrés aux flancs de chacun de ses trois nids-de-pie en panier ; plus haut, dans les barres du mât de hune, se remarquaient de plus petits barils emplis du même précieux liquide ; au grand mât, enfin, était fixée une lampe de bronze.

Comme on l'apprit par la suite, le *Célibataire* avait connu les plus beaux succès. Il s'était procuré par le troc, auprès de tous les bâtiments rencontrés, des tonneaux supplémentaires qu'on avait rangés sur le pont et dans les cabines du capitaine et des officiers. Tout, à vrai dire, débordait de spermaceti.

Sur le gaillard d'arrière, les officiers et les harponneurs dansaient avec les filles au teint d'olive qui s'étaient enfuies avec eux des îles polynésiennes. Pendant ce temps, d'autres membres du bord s'occupaient bruyamment de la maçonnerie du fourneau, jetant pardessus bord les briques et le mortier à présent inutiles.

Le capitaine, seigneur et maître du spectacle, se tenait debout sur la dunette du navire, dominant la scène d'allégresse qui se déroulait sous ses yeux et qui paraissait n'avoir été montée que pour son divertissement personnel.

Achab, lui aussi, était planté sur son gaillard d'arrière, hirsute et ténébreux, obstinément chagrin ; et lorsque les deux navires se croisèrent – l'un réjoui de ce qui lui était arrivé, l'autre inquiet de ce qui allait lui advenir –, les deux capitaines incarnaient dans leur personne même le violent contraste de ce tableau.

– Venez à bord, venez donc ! cria le commandant du joyeux *Célibataire*, en élevant bien haut un verre et une bouteille.

– As-tu vu le cachalot blanc ? lança Achab d'une voix aigre, en guise de réponse.

– Non. J'en ai seulement entendu parler, mais je n'y crois pas un instant, rétorqua l'autre d'un ton enjoué. Allons, venez à bord !

– Va au diable avec ton humeur joviale. Poursuis ta route. Tu as perdu des hommes ?

– Rien qui vaille la peine d'en parler… deux indigènes, pas plus… Mais venez donc à bord, mon ami, venez. J'aurai tôt fait de dissiper ces nuages qui assombrissent votre front. Venez vous joindre à la fête ; nos cales sont pleines et nous rentrons au port.

– La familiarité des imbéciles est une chose étonnante ! murmura Achab.

Puis, à voix haute :

– Tu me dis que tes cales sont pleines et que tu rentres au port ; eh bien, je dirai que les miennes sont vides et que je pars au long cours[1]. Va donc ton chemin, j'irai le mien.

Ainsi, tandis qu'un navire s'en allait allégrement sous un petit vent arrière, l'autre luttait farouchement contre. Les hommes du *Pequod* regardèrent longtemps, avec des regards graves, le *Célibataire* qui s'éloignait, mais ceux du *Célibataire*, tout à leurs réjouissances, ne leur accordèrent pas la moindre attention.

1. Au long cours : pour longtemps.

33

La veillée du cachalot

Le lendemain de notre rencontre avec le gai *Célibataire*, des baleines furent signalées ; quatre furent tuées, dont une par Achab.

Les quatre cachalots étaient morts à une grande distance les uns des autres, l'un loin au vent, l'autre plus près, sous le vent, un troisième à l'avant, un autre encore à l'arrière. Ces trois derniers furent halés jusqu'au navire avant la tombée de la nuit ; mais celui qui se trouvait au vent ne pouvait être rejoint avant le lendemain ; et la pirogue qui l'avait capturé demeura à son côté toute la nuit ; c'était la pirogue d'Achab.

Le pavillon de prise fut planté droit dans l'évent du cachalot mort et la lanterne qui était suspendue à son extrémité jetait une lueur indécise et clignotante sur le dos noir et luisant.

Achab et les hommes de son équipage semblaient endormis, à l'exception du Parsi ; celui-ci, blotti à l'avant, observait les requins qui jouaient comme des spectres autour du cachalot et frappaient de leur queue les légers bordages de cèdre.

Tiré soudain de son sommeil, Achab vit le Parsi qui lui faisait face ; et cernés par la ténèbre de la nuit, ils paraissaient être les deux survivants d'un monde disparu sous les eaux.

– J'ai refait ce même rêve, dit-il.

– Le rêve des corbillards ? Ne t'ai-je pas dit, vieil homme, qu'avant que ta mort survienne dans ce voyage, il faudra qu'en vérité tes yeux aient vu deux corbillards sur l'eau ; le premier n'aura pas été construit par des mains d'homme, et le bois visible du second aura poussé en Amérique.

– Eh bien ! voilà un étrange spectacle, Parsi : un corbillard empanaché[1] flottant sur l'océan et les vagues portant les cordons du poêle. Ha ! Nous ne verrons pas une telle scène de sitôt.

– Crois-le ou non, tu ne mourras pas avant de l'avoir vue, vieil homme. Et si le pire doit advenir, toujours je te précéderai et serai ton pilote.

– Et quand tu seras parti le premier, alors, avant que je puisse te suivre, tu devras m'apparaître encore pour continuer à me servir de pilote ? Eh bien… si je dois croire tout ce que tu me dis, j'ai ici deux gages qui m'assurent que je détruirai Moby Dick et lui survivrai.

– Voici un autre gage, vieil homme, dit le Parsi, dont les yeux brillaient comme des lucioles dans la nuit. Le chanvre seul peut te tuer.

– La potence, veux-tu dire ? Alors, je suis immortel

1. Empanaché : garni de plumes.

sur terre et sur mer, lança Achab avec un rire de dérision.

Puis, tous deux se turent. L'aube grise parut ; les matelots endormis se levèrent du fond de la baleinière, et avant midi le cachalot mort avait été remorqué au navire.

34

Le sextant

La saison de pêche sur la Ligne approchait enfin, et chaque jour, quand Achab, sortant de sa cabine, levait les yeux dans la mâture, le timonier vigilant tenait ostensiblement[1] son gouvernail et les matelots couraient avec ardeur aux bras de vergues où ils se perchaient, attendant avec impatience l'ordre de mettre le cap sur l'équateur. Et l'ordre vint en temps voulu. Il était alors près de midi, et Achab, assis à la proue de sa baleinière hissée haut sur ses potences, s'apprêtait à faire son observation quotidienne du soleil pour déterminer sa latitude.

Dans les eaux de la mer du Japon, les jours d'été ressemblent parfois à des torrents de lumière. Le ciel semble une laque ; pas un nuage. Fort heureusement, le sextant[2] d'Achab était muni de verres colorés qui permettaient de contempler cet incendie solaire.

L'œil vissé à un instrument d'apparence astrologique,

1. Ostensiblement : ouvertement.
2. Sextant : instrument de navigation qui, en mesurant la hauteur angulaire du soleil à midi, détermine la latitude.

il demeura quelques instants dans cette position pour saisir le moment exact où le soleil atteindrait son méridien exact. La mesure désirée une fois prise, Achab, avec son crayon, eut tôt fait de calculer sur sa jambe d'ivoire quelle devait être sa latitude à cet instant précis. Il s'abîma alors dans une courte rêverie, puis, relevant les yeux vers le soleil, se murmura à lui-même :

– Tu me dis sans mentir *où je suis*, mais peux-tu le moins du monde me faire savoir *où je serai* ? Et peux-tu me dire où se trouve en ce moment Moby Dick ? Jouet ridicule ! Tu es bien incapable de dire où seront demain à midi une goutte d'eau ou un grain de sable. Maudit sois-tu, sextant !

Il le jeta sur le pont.

– Je ne me laisserai plus guider par toi. Je te piétine, chétif objet qui pointe si lamentablement vers les hauteurs, c'est ainsi que je te brise et te détruis !

Comme, dans sa frénésie, le vieil homme prononçait ces mots en frappant du pied et du pilon, un rictus de triomphe qui paraissait destiné à Achab et une expression de désespoir fataliste qui semblait adressée à lui-même passèrent sur le visage immobile et muet du Parsi. Il se leva et s'éloigna sans être vu, tandis que les hommes, saisis de terreur à l'aspect de leur commandant, se regroupaient sur le gaillard d'avant ; enfin, Achab, qui arpentait anxieusement le pont, lança d'une voix forte :

– Aux vergues ! Barre dessus !

Starbuck observait l'embardée[1] violente du *Pequod*,

1. Embardée : écart soudain.

mais aussi celle d'Achab, qui avançait sur le pont d'un pas titubant.

– Ô vieux coureur des mers ! De cet embrasement qu'est ta vie, que restera-t-il pour finir, sinon un petit tas de cendres !

– Achab, s'écria Stubb, tu agis comme il faut ; joue ton jeu, jusqu'à la mort !

35

Les chandelles

C'est dans les eaux resplendissantes du Japon que le marin rencontre la plus effroyable des tempêtes, le typhon.

Ce jour-là, dans la soirée, le *Pequod* eut ses voiles arrachées et dut combattre un typhon qui l'attaquait de front. Quand vint la nuit, ciel et mer rugissaient, se déchiraient avec le tonnerre et s'embrasaient avec l'éclair, qui révélait les mâts désemparés[1] où claquaient ici et là les haillons que la première fureur de la tempête avait laissés.

Starbuck, sur le gaillard d'arrière, se tenait à un hauban ; tandis que les hommes, sous les ordres de Stubb et de Flask, s'efforçaient de hisser plus haut les baleinières et de les amarrer plus solidement. Mais toutes leurs peines paraissaient vaines. La pirogue d'Achab, bien que montée au sommet des potences, ne put résister. Un énorme paquet de mer, se précipitant de très haut contre le flanc chancelant du navire malmené, creva le fond du canot à l'arrière.

1. Désemparés: dégarnis de leur matériel de navigation.

– Sale ouvrage, monsieur Starbuck, dit Stubb en contemplant l'épave, mais la mer n'en fait qu'à sa tête. C'est que, voyez-vous, avant de bondir, une vague fait le tour du monde pour prendre son élan… et alors, quelle détente !

– Regarde ! lança Starbuck en saisissant Stubb par l'épaule. N'as-tu pas remarqué que la tempête vient de l'est, la direction que doit suivre Achab pour rejoindre Moby Dick ? C'est le cap qu'il a pris aujourd'hui même à midi. Maintenant, observe sa baleinière : où a-t-elle été crevée ? À l'arrière, mon gars, où il a l'habitude de se tenir. C'est son poste qui a été défoncé, mon bonhomme !

– Je ne comprends pas la moitié de ce que vous dites. Que se passe-t-il ?

– Oui, bien sûr, poursuivit soudain Starbuck pour lui-même, sans plus se soucier de la question de Stubb. C'est par le cap de Bonne-Espérance qu'est le plus court chemin pour Nantucket. Cette tempête qui nous frappe à coups redoublés pour nous défoncer, nous pouvons en faire une belle brise qui nous mènera chez nous. Là-bas au vent sont les ténèbres de la perdition ; mais sous le vent, dans la direction du port… le ciel s'éclaire un peu par-là, et ce n'est pas la foudre.

À cet instant, dans l'un de ces intervalles de nuit intense qui suivaient les éclairs, une voix retentit à son côté, et presque en même temps une salve tonitruante éclata au-dessus des têtes.

– Qui est là ?

– Coup-de-tonnerre ! dit Achab qui avançait à tâtons le long du pavois pour rejoindre son trou de tarière.

On sait qu'à terre le paratonnerre qu'on fixe à un clocher est destiné à conduire le dangereux fluide dans le sol ; de la même façon, les tiges semblables que certains navires portent à chacun de leurs mâts servent à le mener dans l'eau. La partie inférieure de ces paratonnerres est constituée de longs et fins maillons que l'on peut aisément ajouter aux chaînes extérieures ou jeter à la mer selon ce que les circonstances requièrent.

– Les paratonnerres ! lança Starbuck à l'équipage soudainement averti du danger par les éclairs qui, telles des torches éblouissantes, venaient d'éclairer Achab jusqu'à son poste. Sont-ils par-dessus bord ? Alors, jetez-les à l'avant et à l'arrière. Vite !

– Baste ! tonna Achab. Jouons en toute loyauté, bien que nous soyons les plus faibles ! Laissez-les où ils sont, monsieur.

– Regardez là-haut ! s'exclama Starbuck. Le feu Saint-Elme[1] !

Tous les bouts de vergues portaient un feu pâle et chacun des trois hauts mâts, dont les paratonnerres à trois pointes se terminaient par trois fines flammes blanches, brûlait en silence dans l'air sulfureux ; on eût dit trois cierges géants devant un autel.

– Le feu Saint-Elme ait pitié de nous tous ! s'écria Stubb.

Au pied du grand mât, juste au-dessous de la flamme, le Parsi était agenouillé devant Achab, mais sa tête

1. Feu Saint-Elme : dans certaines conditions météorologiques, ce phénomène naturel fait apparaître des lueurs aux extrémités des mâts du navire.

inclinée se détournait de lui ; tout près, quelques matelots, arrêtés net dans leur travail par la lumière, se serraient maintenant les uns contre les autres. D'autres étaient restés cloués sur place comme sous l'effet d'un envoûtement ; mais tous avaient les yeux levés.

– Oui, oui, matelots, c'est cela ! cria Achab. Regardez-la tout là-haut ; observez-la avec soin. La flamme blanche éclaire la route qui mène au cachalot blanc !

Puis, se tournant, l'œil rivé au sommet des mâts et le bras droit dressé au-dessus de sa tête, il se tint roide devant la trinité[1] des hautes flammes aux trois pointes.

– Ô clair esprit du feu clair, celui qui te fait face maintenant n'est pas un imbécile téméraire. J'honore ta puissance, qui est sans voix et sans lieu. Saute, bondis, lèche les cieux ! Je bondis avec toi, je brûle avec toi, je voudrais me fondre en toi ; je te vénère, de toute la force de mon défi.

– Ton canot ! cria Starbuck. Regarde ton canot, vieil homme.

Le harpon d'Achab, celui qui avait été forgé au feu de Perth, faisait saillie au-delà de la proue de la baleinière ; des barbes acérées fusait à présent une aigrette[2] de feu, pâle et bifurquée[3]. Tandis que le harpon silencieux brûlait comme une langue de serpent, Starbuck saisit Achab par le bras :

– Dieu Lui-même est contre toi, vieil homme. Renonce à ce voyage de malheur, mal commencé, mal

1. Trinité : groupe de trois objets, ici les trois flammes, considérés comme sacrés.
2. Aigrette : faisceau de plumes surmontant la tête de certains oiseaux.
3. Bifurquée : divisée en forme de fourche.

conduit. Laisse-moi profiter de la brise favorable pour rentrer au pays et faire un voyage meilleur que celui-ci.

Entendant les paroles de Starbuck, les marins épouvantés coururent aux bras, et le cri qu'ils poussèrent était presque celui de la mutinerie. Mais Achab, attrapant le harpon qui brûlait, le brandit comme une torche parmi l'équipage, jurant d'en transpercer le premier matelot qui oserait toucher le bout d'un cordage.

Pétrifiés par son aspect, et plus encore terrifiés par le dard embrasé qu'il tenait à la main, ils reculèrent épouvantés, et Achab s'adressa une nouvelle fois à eux en ces termes :

– Le serment que vous avez fait de chasser le cachalot blanc vous contraint tout autant que le mien ; et tout oblige le vieil Achab, son cœur, son âme, son corps, ses poumons, sa vie même. Et pour que vous sachiez à quel rythme bat son cœur, regardez bien ceci : voyez comme je fais disparaître la peur, toute la peur !

Et d'une bouffée de son haleine, il éteignit la flamme.

De même que sous l'ouragan qui balaie la plaine, les hommes fuient le voisinage de l'orme géant et solitaire dont la hauteur et la robustesse font une cible idéale pour la foudre, de même à cet instant, aux tout derniers mots d'Achab, les marins en grand nombre s'éloignèrent bien vite, saisis d'une terreur sans nom.

36

Le fusil

Sous les plus violents heurts du typhon, l'homme à la barre de gouvernail du *Pequod* avait été plusieurs fois violemment projeté sur le pont, malgré les cordages de sauvegarde qui y étaient attachés avec souplesse, de manière à donner du jeu à la barre.

Quelques heures après minuit, la force du typhon avait à ce point diminué que, grâce aux efforts acharnés de Starbuck et de Stubb – l'un occupé à l'avant, l'autre à l'arrière –, les lambeaux et fragments du foc, de la misaine et de la grand-hune purent être détachés des espars[1] et, libérés, s'en allèrent tourbillonner sous le vent.

Les trois voiles neuves correspondantes furent alors enverguées et arisées[2], et une voile de cape fut établie à l'arrière, de sorte que le navire put reprendre sa marche avec quelque précision ; et le cap qu'il devait tenir dans la mesure du possible – est-sud-est – fut une nouvelle

1. Espar : longue pièce de bois effilée utilisée comme mât ou vergue sur un bateau.
2. Enverguées, arisées : enverguées signifie fixées à la vergue ; arisées, diminuées de hauteur.

fois donné au timonier, car au plus fort de la tourmente il n'avait navigué que selon les nécessités du moment. Mais comme il rapprochait maintenant le bâtiment le plus près possible de sa route, tout en gardant l'œil sur le compas[1], voici que paraît un bon signe ! Le vent semble venir de l'arrière ; oui, la brise contraire est devenue favorable !

Conformément à la consigne, Starbuck prit machinalement la direction de la cabine pour en informer le capitaine Achab. Avant de frapper à la porte, il s'arrêta involontairement un instant. La lampe de la chambre se balançait avec de longues oscillations d'un côté et de l'autre, jetant des ombres fantasques sur la porte fermée du vieil homme. Dans les profondeurs souterraines de cette cabine isolée du monde régnait comme un silence murmurant, bien que le local fût cerné de tout côté par le rugissement des éléments. Les fusils chargés, rangés dans le râtelier contre la cloison de l'avant, étincelaient, attirant le regard. Starbuck était un homme honnête et droit ; mais, chose étrange, à l'instant où il aperçut les armes, une mauvaise pensée se forma dans son cœur, si bien mêlée, cependant, à d'autres intentions bonnes ou détachées, que sur le moment il la reconnut à peine comme telle.

– Il m'aurait bien tiré dessus cette fois-là, murmura-t-il. Oui, voici le fusil qu'il a braqué sur moi... celui qui a la crosse cloutée. Ah ! il y a de la poudre dans le bassinet. Ce n'est pas bien... Mieux vaudrait la vider...

1. Compas : boussole marine.

Je viens au rapport pour faire état d'une brise favorable. Favorable en quel sens ? Favorable, oui, puisqu'elle nous mènera à la mort et à la perdition... Favorable à Moby Dick, oui... une bonne brise qui n'est favorable qu'à ce seul poisson maudit... Le canon qu'il pointait sur moi... c'est celui-là... celui-là même que je tiens. Il n'hésiterait pas à massacrer tout son équipage. Faut-il donc souffrir docilement que ce vieil insensé entraîne tout l'équipage d'un navire avec lui à sa perte ?... Mais si, en cet instant, il était... écarté... le crime lui serait épargné... Ah ! il marmonne dans son sommeil... Oui, là... tout près... il dort. Mais n'y a-t-il pas vraiment d'autre moyen ? Le ramener prisonnier au pays ? Il faudrait être sot pour s'y essayer. Admettons même qu'on puisse le ligoter des pieds à la tête... il serait alors plus hideux qu'un tigre en cage. Que me reste-t-il à faire ? La terre se trouve à des centaines de lieues, la rive la plus proche est celle du Japon interdit. Et me voici seul ici, en pleine mer. Serais-je alors, moi, un assassin si...

Et lentement, avec d'infinies précautions, jetant des regards de côté, il appuya le canon du fusil chargé contre la porte.

– Une simple pression du doigt, et Starbuck vivrait pour étreindre sa femme et son enfant une fois encore... Mais si tu vis encore à ton réveil, vieil homme, qui peut dire jusqu'à quelles insondables profondeurs couleront bas, dans une semaine, le corps de Starbuck et tout l'équipage ! Faut-il oser ? Aurai-je l'audace ?... Le vent a faibli et tourné, monsieur ; les voiles de misaine et de grand-hunier sont établies et arisées ; le navire tient son cap.

– À l'arrière tous ! Ah ! Moby Dick, c'est ton cœur enfin que je saisis à deux mains !

Tels étaient les mots qui fusèrent avec fracas du sommeil tourmenté du vieil homme, comme si la voix de Starbuck avait donné la parole au rêve demeuré longtemps muet.

Le canon toujours levé du fusil tremblait contre le panneau de la porte comme le bras d'un homme ivre. Starbuck paraissait lutter avec un ange. Puis, s'éloignant de la porte, il replaça le canon de la mort dans son râtelier et s'en fut.

– Il dort trop profondément, monsieur Stubb ; descendez donc vous-même, réveillez-le et informez-le. J'ai à faire sur le pont. Vous savez ce qu'il faut dire.

37

L'aiguille

Le lendemain matin, la mer toujours inapaisée roulait de longues, lentes et puissantes lames, et venait jusque dans le sillage gargouillant du *Pequod* pousser le navire en avant. La brise soufflait en rafales si obstinément vigoureuses que le ciel et l'air semblaient d'immenses voiles gonflées. Le soleil invisible, voilé dans la lumière vive du matin, ne révélait sa présence que par la seule intensité du faisceau rayonnant de ses baïonnettes de feu.

Achab se tenait à l'écart, et demeura longtemps plongé dans un silence enchanté. Mais une pensée contraire lui fit soudain serrer la bride ; il se précipita vers la barre et demanda d'une voix altérée quel était le cap du navire.

– Est-sud-est, monsieur, répondit l'homme effrayé.

– Tu mens !

Et il lui assena un coup de son poing fermé.

– Le cap à l'est à cette heure du matin, avec le soleil en poupe ?

La consternation était générale, car le phénomène que venait de remarquer Achab avait inexplicablement échappé à tous, en raison même, sans doute, de son aveuglante évidence.

Passant à demi la tête dans l'habitacle, Achab jeta un coup d'œil aux compas. Son bras levé retomba lentement, et pendant un instant il parut chanceler. Starbuck, qui était derrière lui, regardait aussi, et – surprise ! – les deux aiguilles indiquaient l'est alors que, sans doute possible, le *Pequod* faisait route vers l'ouest.

Mais avant que la première alarme eût pu se répandre dangereusement parmi l'équipage, le vieil homme s'écria, avec un rire glacé :

– Je comprends ! Cela s'est déjà produit. La foudre de la nuit dernière a faussé les compas, monsieur Starbuck, voilà tout. Vous avez déjà entendu parler de ces phénomènes, j'imagine ?

– Oui, mais je n'en avais encore jamais été personnellement témoin, monsieur, répondit le second, pâle, d'une voix lugubre.

Résolument campé devant l'habitacle et fixant les compas affolés, le vieil homme, du tranchant de sa main tendue, prit la position exacte du soleil et il donna ses ordres pour que le cap du navire fût modifié. Et une fois de plus le *Pequod* jeta sa proue intrépide dans la brise contraire, puisque le vent supposé favorable l'avait, en réalité, trompé.

Durant ce temps, quelles que fussent ses pensées secrètes, Starbuck ne disait mot, se contentant de transmettre d'un ton calme les ordres nécessaires, tandis que Stubb et Flask, qui semblaient partager plus ou moins ses sentiments, obtempéraient eux aussi sans faire entendre le moindre murmure. Quant aux hommes, si certains grommelaient, ils craignaient Achab bien plus que le destin.

Pendant un moment, le vieil homme arpenta le pont, en proie à des songeries houleuses. Mais son talon d'ivoire venant à glisser, il aperçut les débris des tubes de cuivre du sextant qu'il avait brisé la veille sur ces mêmes planches.

– Pauvre et fier guetteur de ciel ! Hier, je t'ai naufragé, et aujourd'hui les compas auraient bien aimé me rendre la pareille. Oui, c'est ainsi… Mais Achab est toujours maître et seigneur de l'aimant. Monsieur Starbuck… une lance sans hampe, un maillet et la plus fine des aiguilles à voiles. Vite !

En plus de l'impulsion qui lui dictait ce qu'il était sur le point de faire, Achab était peut-être inspiré par certains mobiles de prudence visant à ranimer l'ardeur de son équipage par une démonstration d'adresse et de subtilité.

– Matelots ! dit-il en se tournant lentement vers l'équipage, tandis que le second lui tendait les objets demandés, la foudre a inversé les aiguilles du vieil Achab ; mais avec ce morceau d'acier, Achab est capable de fabriquer son propre compas, qui montrera la direction aussi sûrement que n'importe quel autre.

En entendant ces mots, les marins échangèrent des regards d'étonnement et de soumission mêlés ; ils attendaient, fascinés, de voir quelle sorte de magie allait se produire. Starbuck, lui, détourna les yeux.

D'un coup de maillet, Achab détacha la pointe

d'acier de la lance, puis, passant au second la longue tige de fer, il le pria de la tenir droite sans qu'elle touche les planches du pont. Il frappa plusieurs fois du maillet l'extrémité supérieure de la lance, sur laquelle il posa, de champ[1], l'aiguille émoussée, et martela encore un peu, moins fort à présent, le second tenant toujours la verge comme devant. Il lui imprima alors quelques discrets et singuliers mouvements – dont il est difficile de dire s'ils étaient indispensables à la magnétisation de l'acier ou simplement destinés à accroître l'effroi sacré des hommes – et demanda du fil de lin. Revenant ensuite à l'habitacle, il en retira les deux aiguilles faussées et suspendit horizontalement, par son milieu, au-dessus de l'une des roses des vents, l'aiguille à voiles. Celle-ci commença par tourner sur elle-même, frémissant et vibrant à ses deux extrémités ; mais elle finit par se fixer à sa place. À ce moment, Achab, qui avait anxieusement guetté ce résultat, recula à bonne distance de l'habitacle, tendit le bras vers le compas et s'exclama :

– Voyez par vous-mêmes si Achab n'est pas le seigneur et maître de l'aimant ! Le soleil est à l'est, et cette boussole en fait le serment !

Ils s'approchèrent et glissèrent l'un après l'autre un œil dans l'habitacle, car seul le regard de chacun pouvait avoir raison de son ignorance ; et l'un après l'autre, ils s'éloignèrent discrètement.

On lisait alors dans les yeux d'Achab, flamboyants de mépris et de triomphe, tout son funeste orgueil.

1. Posa de champ : mit la face la plus étroite en dessous.

38

La bouée de sauvetage

Gouvernant maintenant sur le sud-est au moyen de l'aiguille aimantée d'Achab, le *Pequod* poursuivait sa route en direction de l'équateur. Un si long voyage sur des eaux si peu fréquentées, sans aucune voile à l'horizon, sur une houle d'une douceur monotone, semblait devoir être le prélude à quelque scène violente et fatale.

Lorsque le navire passa au large d'un petit archipel d'îlots rocheux, les hommes de quart, sous le commandement de Flask, sursautèrent en entendant un cri abominablement plaintif, comme venu de l'au-delà. Tous sans exception furent tirés de leur rêverie, chacun demeurant un instant figé dans sa position, debout, assis, penché, et tendant l'oreille durant tout le temps que dura cette épouvantable lamentation.

Achab ignora tout de la chose avant de quitter son hamac, dans le gris de l'aube, et de monter sur le pont. Flask lui fit alors un récit, qu'il accompagna de sombres allusions et sous-entendus. Achab eut un rire grave et expliqua le mystère de la manière suivante.

Les îles rocheuses que le navire avait aperçues étaient le séjour de vastes troupeaux de phoques, et quelques animaux – des jeunes qui avaient perdu leur mère, ou des mères à la recherche de leurs petits – avaient dû émerger tout près du navire et lui tenir compagnie un moment, en poussant leurs cris et leurs gémissements si semblables à une lamentation humaine.

Cette explication ne fit que troubler davantage certains des hommes, car la plupart des marins nourrissent les sentiments les plus superstitieux qui soient à l'égard des phoques, non seulement à cause des sons particuliers qu'ils produisent pour exprimer leur détresse, mais aussi en raison de l'apparence humaine de leurs têtes rondes et de l'espèce d'intelligence que présente leur visage scrutateur lorsqu'on les voit paraître à la surface de l'eau près du bord.

Mais les funestes pressentiments de l'équipage allaient recevoir une confirmation, le matin même, dans le sort qui s'abattit sur l'un d'eux. Au lever du soleil, cet homme quitta son hamac pour monter à la vigie du mât de misaine. Était-il mal réveillé ? Faut-il invoquer une autre raison ? Impossible de le dire. Quoi qu'il en fût, il n'était pas installé depuis bien longtemps à son perchoir quand un cri se fit entendre – un cri suivi du bruit d'une chute –, et tous les regards levés virent une forme fantomatique traverser les airs, puis, baissant la tête, un petit tas de bulles blanches ballottées sur le bleu de la mer.

La bouée de sauvetage, une longue et mince barrique, fut larguée de l'arrière où elle demeurait toujours suspendue, assujettie à un ingénieux ressort à détente ; mais nul bras ne se montra pour la saisir, et les rayons du soleil avaient si continûment frappé ce tonneau, qu'il s'emplit lentement d'eau par tous les pores de son bois desséché ; et la barrique cerclée de fer suivit le marin dans les profondeurs, comme pour lui servir d'oreiller – un oreiller bien dur en vérité.

C'est ainsi que le premier homme du *Pequod* qui grimpa à la pomme du mât pour guetter le cachalot blanc dans les parages qu'on savait être les siens fut englouti dans l'abîme.

Il fallait à présent remplacer la bouée de sauvetage perdue. La tâche en incomba à Starbuck. Mais comme on ne pouvait trouver de barrique suffisamment légère, on était tout près de laisser la poupe du navire dépourvue de bouée quand Quiqueg parut suggérer quelque chose au sujet de son cercueil.

– Faire une bouée d'un cercueil ! lança Starbuck en tressaillant.

– L'idée est assez bizarre, je l'avoue, dit Stubb.

– Mais pas si mauvaise, dit Flask. Le charpentier peut apprêter cela facilement.

– Amenez-le ; nous n'avons rien d'autre sous la main, dit Starbuck, après un moment de songerie mélancolique. Arrange-moi cela, charpentier. Et ne me regarde pas ainsi…

– Dois-je clouer le couvercle, monsieur ?

Il faisait le geste de frapper avec un marteau.

– Bien sûr.

– Et calfater[1] les joints, monsieur ?

– Quelle mouche te pique ? Fais une bouée de ce cercueil, c'est tout !

1. Calfater : colmater, boucher.

39

Le *Pequod* rencontre la *Rachel*

Le jour suivant, on aperçut un navire de belle taille, la *Rachel*, qui laissait porter droit sur le *Pequod* ses vergues chargées de grappes de matelots. À ce moment, le *Pequod* filait à bonne allure, mais lorsque l'étranger nous passa au vent, ses larges ailes déployées, les voiles fanfaronnes s'affaissèrent toutes ensemble comme des vessies crevées qui soudain se dégonflent, et toute vie se retira de la coque blessée.

Mais avant que son commandant, debout dans sa baleinière, le porte-voix à la bouche, ait eu l'occasion espérée de nous héler, la voix d'Achab retentit :

– As-tu vu le cachalot blanc ?

– Oui, hier. As-tu vu un canot en dérive ?

Ravalant sa joie, Achab répondit par la négative à cette question inattendue, et serait alors volontiers monté à bord de l'étranger si le capitaine lui-même, ayant mis son bâtiment en panne, n'avait déjà entrepris de descendre à son flanc. Quelques vigoureux coups d'aviron, et il sauta sur le pont. Achab le reconnut aussitôt : c'était un marin de Nantucket.

– Où était-il ?… Pas tué !… cria Achab en avançant davantage. Que s'est-il passé ?

Il s'était passé ceci : tard dans l'après-midi de la veille, alors que trois pirogues du navire étranger poursuivaient une troupe de baleines qui les avaient entraînées à quatre ou cinq milles du navire, et que les hommes chassaient avec ardeur, la bosse et le front blancs de Moby Dick avaient soudain émergé des eaux bleues, non loin de là sous le vent. La quatrième baleinière avait alors été aussitôt affalée.

Après une course rapide, cette baleinière semblait avoir réussi à planter un fer, pour autant que pût en juger l'homme en vigie. Il vit dans le lointain le canot s'amenuiser jusqu'à n'être plus qu'un point minuscule, puis l'éclair d'une écume bouillonnante, et plus rien enfin. On en avait conclu que le cachalot blessé s'était lancé dans une fuite éperdue avec ses chasseurs à ses trousses, comme il arrive souvent. On s'inquiéta, mais sans éprouver encore de véritable alarme.

Les signaux de rappel furent hissés dans le gréement. La nuit tomba ; le navire fut contraint d'aller rechercher ses trois pirogues loin au vent avant de se mettre en quête de la quatrième, qui se trouvait précisément dans la direction opposée. Une fois que les trois premiers équipages furent en sécurité à bord, le navire fit force de voiles pour retrouver la pirogue manquante ; on alluma un feu dans les chaudières du fourneau en guise de fanal, et un homme sur deux guettait aux mâts. Mais bien que l'on eût continué ainsi jusqu'au petit jour, on ne put repérer la moindre trace de la baleinière.

Le capitaine étranger désirait que le *Pequod* se joignît à lui dans ses recherches, en sillonnant la mer à quatre ou cinq milles de distance selon deux lignes parallèles, de manière à balayer, pour ainsi dire, un double horizon.

– Mon fils, mon garçon est parmi eux. Pour l'amour de Dieu… je vous en supplie, je vous en conjure ! s'écria l'étranger à l'adresse d'Achab qui avait jusqu'alors accueilli sa requête d'un air glacial. Laissez-moi, pendant quarante-huit heures, prendre à louage[1] votre navire… je paierai le loyer avec joie, et généreusement… s'il n'y a pas d'autre moyen… pour quarante-huit heures seulement… pas davantage… oh ! vous devez faire cela, vous le devez, *et vous le ferez*.

– Son fils ! s'exclama Stubb. Nous devons sauver ce garçon.

– Il s'est noyé avec tous les autres, la nuit dernière, dit le vieux matelot de l'île de Man[2] qui se tenait derrière eux. J'ai entendu ; vous avez tous entendu leurs esprits.

Ce qui ajoutait encore à la tristesse de l'accident de la *Rachel*, ainsi qu'on l'apprit peu après, c'était que non seulement l'un des fils du capitaine se trouvait parmi l'équipage de la baleinière perdue, mais qu'au même moment, dans l'un des autres canots éloignés du navire par les sombres vicissitudes de la chasse, il y avait un autre fils ; de sorte que pendant un temps, le malheureux père fut plongé dans la plus cruelle des angoisses, dont

1. Prendre à louage : louer.
2. Île de Man : île située en mer d'Irlande, au centre des îles Britanniques.

seul le tira son second en adoptant d'instinct la mesure habituelle chez les baleiniers dans ces cas d'urgence, qui consiste, lorsque plusieurs pirogues en péril sont dispersées, de porter d'abord secours au groupe le plus nombreux.

Mais le capitaine s'était abstenu de mentionner tous ces détails, et il ne fit allusion à son garçon disparu que lorsqu'il y fut contraint par la froideur d'Achab. Le gamin n'avait que douze ans et son père continuait de supplier Achab de lui accorder cette pauvre faveur, et Achab, pareil à une enclume, recevait tous les chocs sans jamais frémir.

– Je ne partirai pas avant que vous ne m'ayez dit oui. Faites avec moi comme vous aimeriez que je fasse avec vous en un cas semblable. Car *vous aussi*, capitaine Achab, avez un garçon… encore tout jeune, et en sécurité chez lui, au nid, à cet instant… Oui, vous vous laissez fléchir, je le vois bien… Courez, courez, vous autres, et pare à brasser carré[1].

– Arrière ! cria Achab. Que personne ne touche à un seul cordage.

Puis, d'une voix qui, en le martelant, détachait chaque mot :

– Capitaine Gardiner, je ne ferai pas ce que vous me demandez. À cet instant même, je perds du temps. Dieu vous bénisse, ami, et puissé-je me pardonner à moi-même, mais il me faut partir. Monsieur Starbuck,

1. Pare à brasser carré : préparez-vous à placer toutes les vergues dans un plan perpendiculaire à l'axe de la quille.

regardez la montre de l'habitacle, et dans trois minutes exactement, avertissez tous les étrangers à bord qu'ils devront le quitter. Ensuite, mêmes amures et même cap que devant.

Il pivota soudain et, la face détournée, regagna sa cabine, laissant le capitaine étranger médusé par ce refus péremptoire et définitif. Sortant brusquement de sa stupeur, Gardiner se hâta en silence vers la rambarde, se laissa choir dans son canot plutôt qu'il n'y descendit, et regagna son bâtiment.

Les deux navires reprirent bientôt leurs routes divergentes ; et tout le temps que l'étranger fut en vue, on put l'observer qui faisait des embardées de-ci, de-là vers chaque tache sombre qu'il apercevait sur les flots, si petite qu'elle pût être.

Mais on voyait bien, à sa marche saccadée, sinueuse et désolée, que ce vaisseau qui répandait tant de larmes d'écume, demeurait inconsolé.

C'était Rachel[1] *pleurant ses enfants, parce qu'ils ne sont plus*.

1. Rachel : cette figure biblique est le symbole de la mère qui refuse d'être consolée devant la mort de ses enfants.

40

Le *Pequod* rencontre le *Délices*

Le *Pequod* poursuivait sa route avec une énergie inquiète ; les jours passaient, l'océan roulait ses houles ; le cercueil-bouée oscillait toujours mollement, et l'on signala un autre navire, malencontreusement appelé le *Délices*. Tandis qu'il approchait, tous les regards se portèrent sur ses larges baux, appelés bigues, qui, sur certains baleiniers, sont montés sur le gaillard d'arrière et servent de support aux canots de réserve dégréés ou désemparés.

On pouvait voir les membrures[1] blanches brisées et quelques fragments de bordages de ce qui avait été une baleinière, mais l'œil passait au travers de cette épave.

– As-tu vu le cachalot blanc ?

– Regarde ! répondit le capitaine aux joues creuses ; et, de son porte-voix, il montra l'épave.

– Tu l'as tué ?

– Le harpon capable de faire cela n'est pas encore

1. Membrure : ensemble des poutres transversales qui soutiennent le pont du bateau.

forgé, répondit l'autre en regardant tristement un hamac renflé qui gisait sur le pont, et dont des matelots silencieux cousaient les deux bords.

– Pas encore forgé !

Et, arrachant à sa fourche le fer de Perth, Achab le brandit et s'écria :

– Regarde bien, marin de Nantucket ! Dans cette main, je tiens sa mort ! Ses barbelures ont reçu la trempe du sang et de la foudre, et je jure de leur donner une troisième trempe à cet endroit précis sous la nageoire où palpite la vie brûlante de ce cachalot maudit !

– Si c'est ainsi, Dieu te garde, vieil homme ! Vois-tu ceci ? (Il désigna le hamac.) J'y ensevelis un homme, un seul des cinq gaillards qui, hier encore, étaient bien vivants, mais sont morts avant la nuit. À celui-ci seulement je puis donner des funérailles, les autres ont été immergés avant de mourir ; vous voguez sur leur tombe.

Puis, se tournant vers son équipage :

– Êtes-vous prêts ? Posez la planche sur la lisse et soulevez le corps. Oui, c'est cela...

Il s'avança vers le hamac, les mains levées.

– En avant toute ! La barre au vent ! cria Achab, vif comme l'éclair, à ses hommes.

Mais le bond que fit soudain le *Pequod* ne fut pas assez rapide pour empêcher qu'on entendît le choc de la dépouille quand elle frappa la surface de l'eau, pas assez rapide pour éviter qu'un peu des embruns volants, en éclaboussant sa coque, ne lui offrissent un baptême funèbre.

Comme Achab s'éloignait maintenant du *Délices* accablé, l'étrange bouée de sauvetage suspendue à la poupe du *Pequod* parut aux regards avec une netteté particulière.

– Ah ! Regardez là-bas ! Vous tous, regardez ! lança, dans son sillage, une voix aux accents prophétiques. C'est en vain, étranger, que tu fuis nos tristes funérailles ; tu ne t'écartes de nous que pour nous montrer ton cercueil !

41

La symphonie

C'était un jour clair, bleu d'acier. Les firmaments de l'air et de la mer pouvaient à peine se distinguer l'un de l'autre. Achab traversa le pont depuis l'écoutille et alla se pencher sur la rambarde ; là, il observa son ombre qui s'enfonçait dans l'eau à mesure que son regard tentait d'en percer les profondeurs. Les plaisants parfums de cet air enchanté, ces souffles heureux, ce ciel aimable parvenaient enfin à l'effleurer de leur caresse. Sous le chapeau au bord rabattu, Achab laissa tomber une larme dans l'océan, et jamais le Pacifique ne recueillit rien de plus précieux que cette unique gouttelette.

Starbuck vit comme le vieil homme se penchait lourdement sur la rambarde, et il lui sembla entendre au plus profond de son propre cœur le sanglot infini. Soucieux de ne pas le troubler, ou de n'être pas remarqué de lui, il s'approcha cependant, et demeura là. Achab se retourna.

– Starbuck !

– Monsieur.

– Oh ! Starbuck ! Quelle douceur dans cette brise…

quelle douceur dans ce ciel. C'est par un jour tout semblable que j'ai piqué ma première baleine… J'étais un jeune harponneur de dix-huit ans ! Il y a quarante ans de cela ! Quarante ans de pêche de la baleine, sans discontinuer ! Quarante ans de privations, de périls, de tempêtes ! Quarante ans sur la mer impitoyable ! Quarante ans, Starbuck… oui… quarante, sur lesquels je n'en ai pas passé trois à terre… Quand je songe à cette vie que j'ai menée, à la solitude désolée qui a été la mienne… oh ! la lassitude… le poids de ce fardeau… la servitude du commandement solitaire ! Quand je songe à cette jeune femme dont j'ai fait mon épouse passé la cinquantaine, mettant à la voile dès le lendemain pour le cap Horn et ne laissant que l'empreinte de ma tête sur l'oreiller de mes noces… mon épouse ? Plutôt la veuve d'un mari toujours en vie ! Oui, Starbuck, j'ai rendu veuve cette pauvre fille en l'épousant ! Pourquoi ce corps à corps de la chasse ? Pourquoi se briser le bras de fatigue à l'aviron, au fer, à la lance ? Achab en est-il aujourd'hui plus riche ou meilleur ? Regarde, Starbuck ! N'est-il pas cruel qu'avec ce lourd fardeau que je porte, une jambe, une malheureuse jambe m'ait été arrachée ? Ai-je donc l'air si vieux, Starbuck, si terriblement vieux ? Je me sens faible à mourir. Viens tout près de moi, Starbuck, ici, laisse-moi plonger mon regard dans un regard d'homme, cela vaut mieux que de contempler la mer ou le ciel. Reste à bord !… Ne mets pas à la mer quand je le ferai, quand Achab, ton capitaine marqué au fer, donnera la chasse à Moby Dick. Non, tu ne courras pas ce risque… non,

non, pas avec cette maison au loin que je vois dans tes yeux !

– Oh ! capitaine ! Âme noble ! Vieux cœur magnifique, malgré tout ! Pourquoi faudrait-il que quiconque prenne en chasse ce poisson exécré ? Partons ensemble ! Fuyons ces eaux meurtrières ! Rentrons au pays ! Laissez-moi à l'instant changer le cap ! Quelles ne seraient pas notre joie, notre allégresse, si nous reprenions vite le chemin de notre bon vieux Nantucket ! Il y a, je crois, à Nantucket d'aussi douces journées que celle-ci et des ciels aussi bleus.

– C'est vrai… et je les ai vus… certains matins d'été. C'est à peu près l'heure… oui, l'heure de sa sieste de midi… Le garçon s'éveille gaiement, s'assied dans son lit, et sa mère lui parle de moi, son vieux cannibale de père qui parcourt les océans, mais reviendra bientôt le faire danser sur ses genoux.

– C'est Mary, ma chère Mary elle-même ! Elle a promis de conduire mon fils tous les matins au sommet de la colline, afin qu'il soit le premier à apercevoir les voiles du navire de son père ! Oui, oui ! Assez ! C'est décidé ! Nous faisons route vers Nantucket ! Venez, mon capitaine, tracez sur les cartes la route du retour et partons ! Voyez le visage de l'enfant à la fenêtre ! la main du garçon qui fait signe sur la colline !

Mais le regard d'Achab s'était détourné.

– Quelle est donc cette chose d'un autre monde, indicible, insondable… quel est ce seigneur et maître caché, cet empereur fourbe, cruel, impitoyable, dont les ordres sont si contraignants que, contre tout désir naturel, je me pousse sans cesse, me bouscule et me force, me préparant témérairement à faire ce qu'en mon for intérieur, d'instinct, je n'oserais pas même imaginer ? Achab est-il bien lui-même ? Est-ce bien moi, Dieu… moi qui lève ce bras… ou bien… qui d'autre ? Mais si le grand soleil ne se meut pas de lui-même, s'il n'est qu'un garçon de course au ciel, comment ce cœur chétif pourrait-il battre, ce chétif cerveau produire des pensées, si Dieu n'était pas précisément ce qui fait le battement, la pensée, la vie, et non moi ? Où vont les meurtriers, dis-moi ? Qui prononcera le jugement, quand le juge lui-même est traîné au banc des accusés ? Mais cette brise… cette brise est d'une telle douceur, et le ciel si suave… et l'air porte des odeurs qu'on dirait venues de lointaines prairies. On a fait les foins quelque part sous les pentes des Andes, Starbuck, et les faucheurs dorment dans l'herbe fraîchement coupée. Oui, ils dorment. Nous finissons tous par dormir dans le champ… Starbuck !

Mais le second, que le désespoir avait rendu pâle comme un mort, s'était enfui.

Achab traversa le pont pour regarder par-dessus l'autre bord, mais tressaillit en découvrant à la surface de l'eau le reflet de deux yeux fixes. Fedallah était penché, immobile, à cette même rambarde.

42

La chasse. Premier jour

Cette nuit-là, pendant le quart de minuit, lorsque le vieil homme sortit de l'écoutille et rejoignit son trou de tarière, il leva soudain son visage avec avidité, humant l'air du large comme un chien de bord s'agace à l'approche d'une île barbare. Il déclara qu'une baleine devait se trouver tout près.

Bientôt, l'odeur très particulière qu'exhale le cachalot vivant devint sensible à tous les hommes de la bordée, de sorte qu'aucun matelot ne fut surpris quand, après avoir déterminé le plus exactement possible la direction d'où venait l'odeur, Achab donna rapidement l'ordre de changer légèrement le cap et de diminuer de voiles.

– Les vigies à leur poste ! Tout le monde sur le pont ! Que voyez-vous ? cria Achab, le visage renversé vers le ciel.

– Rien, rien, monsieur !

Quelques instants plus tard, son regard perçant se posa loin, et il lança un cri aigu pareil à celui d'une mouette :

– Souffle là ! Souffle là ! Une bosse comme une colline blanche ! C'est Moby Dick !

Enflammés par ce cri qui semblait avoir été repris simultanément par les trois hommes de vigie, les matelots sur le pont se ruèrent dans le gréement pour contempler la fameuse baleine qu'ils poursuivaient depuis si longtemps.

Achab avait maintenant atteint son perchoir, à quelques pieds au-dessus des autres vigies ; Tashtego se trouvait juste au-dessous de lui. De cette hauteur, on découvrait le cachalot à un mille environ droit devant ; chaque houle révélait sa haute bosse étincelante, et son souffle silencieux montait régulièrement dans les airs.

– Et aucun d'entre vous ne l'avait vu avant moi ? lança Achab à l'adresse des guetteurs perchés tout autour de lui.

– Je l'ai vu presque au même instant que le capitaine Achab, et j'ai crié ! dit Tashtego.

– Pas au même instant, non, non… le doublon est à moi. À moi seul. Aucun d'entre vous n'aurait pu signaler le cachalot blanc le premier. Là ! Souffle là ! Souffle là ! Encore… et encore ! Il va sonder ! À parer trois chaloupes ! Monsieur Starbuck, souvenez-vous, vous restez à bord et gardez le navire. Paré, les baleinières ? Paré ! Descendez-moi, monsieur Starbuck… plus vite, plus vite !

– Il file sous le vent, monsieur, dit Stubb, il s'éloigne droit devant… Il n'a pas encore pu voir le navire.

– Silence, lieutenant ! Paré aux bras[1] ! Barre dessous !

1. Paré aux bras : prêt pour fixer le cordage à l'extrémité d'une vergue afin de la faire tourner dans un plan horizontal.

Brassez en ralingue[1] ! En ralingue ! Oui, c'est cela... Les pirogues, les pirogues !

Toutes les embarcations, hormis celle de Starbuck, furent bientôt affalées, les voiles établies ; les pagaies ruisselaient sous l'effort et la vitesse ; les baleinières se ruaient sous le vent, celle d'Achab menant l'assaut. Une pâle lueur de mort éclairait les yeux caves de Fedallah ; un rictus hideux tordait sa bouche.

Comme la distance diminuait, l'océan, plus lisse encore, semblait étaler un tapis sur les vagues. Enfin, le chasseur hors d'haleine parvint si près de sa proie apparemment sans méfiance que la bosse éblouissante parut tout entière à son regard, glissant à la surface de l'eau. Il avait devant les yeux l'immense réseau de rides qui couvrait la tête légèrement soulevée hors de l'eau ; derrière, les flots bleus mêlaient leurs débordements dans la vallée mouvante de son sillage, et sur ses flancs, de chaque côté, s'élevaient en dansant des bulles brillantes. Celles-ci éclataient bientôt sous les pattes légères de centaines d'oiseaux joyeux, qui semblaient recouvrir les eaux comme des flocons légers au gré de leur vol capricieux.

Pareille au mât de pavillon planté sur la coque, la longue hampe brisée d'une lance récemment reçue se dressait sur le dos blanc du cachalot. Une innocente allégresse, une douceur souveraine émanaient de lui.

Moby Dick poursuivait sa course, dissimulant toujours à la vue la hideur de sa mâchoire tordue. Mais

1. Brassez en ralingue : orientez les voiles qui battent au vent.

bientôt sa tête s'éleva lentement dans les airs ; et, agitant dans l'air l'étendard menaçant de sa queue palmée, il plongea et disparut. Les oiseaux blancs, qui avaient d'abord suspendu leur vol plané, piquèrent et s'attardèrent sur le lac agité qu'il laissait derrière lui.

Les avirons mâtés, les pagaies baissées, les trois baleinières flottaient à présent en silence, attendant que Moby Dick reparaisse.

– Une heure, dit Achab, planté à l'arrière de sa pirogue.

La brise fraîchissait, la houle devenait plus forte.

– Les oiseaux ! Les oiseaux ! cria Tashtego.

Formant une longue file indienne, les blancs oiseaux de mer volaient maintenant tous vers la baleinière d'Achab et, lorsqu'ils n'en furent plus qu'à quelques mètres, ils se mirent à tournoyer au-dessus de l'eau en battant des ailes et en poussant de joyeux cris d'impatience. Leur vue était plus perçante que celle de l'homme ; Achab ne pouvait percevoir aucun signe sur l'eau.

Mais soudain, comme son regard s'enfonçait toujours plus loin dans les profondeurs de l'onde, il y vit une tache blanche qui se mouvait ; elle remontait à une vitesse prodigieuse et augmentait de volume à mesure, puis se retourna, révélant distinctement deux longues rangées crochues de dents d'une blancheur éblouissante, venues d'un abîme indiscernable.

C'était la gueule béante et la mâchoire tordue de Moby Dick. La bouche éclatante bâillait juste audessous de la pirogue comme un tombeau de marbre grand ouvert. Achab, imprimant à son aviron de gouverne un mouvement oblique, écarta son canot de cette terrifiante apparition. Puis, demandant à Fedallah de changer de place avec lui, il passa à l'avant et, saisissant le harpon de Perth, ordonna à ses hommes d'empoigner leurs avirons et de se parer à culer[1].

Du fait de cette volte opportune du canot sur son axe, la proue avait été amenée par anticipation devant la tête du cachalot, alors encore sous l'eau. Mais comme s'il avait perçu ce stratagème, Moby Dick, avec l'intelligence maligne qu'on lui attribuait, se rejeta aussitôt de côté et vint placer sa tête ridée par le travers sous la quille.

Pendant un instant, ce fut, de part en part, un frémissement des bordages et de la membrure, tandis que le cachalot, allongé obliquement sur le dos à la façon du requin qui mord, saisissait à pleine gueule, avec une lenteur méticuleuse, l'étrave de la pirogue, de sorte que la longue et étroite mâchoire torse se recourba très haut dans les airs. La blancheur bleutée de nacre qui en tapissait l'intérieur se trouvait à moins de six pouces de la tête d'Achab et le surplombait de beaucoup. Dans cette posture, le cachalot blanc secouait le cèdre frêle comme un chat sa souris, avec une délicate cruauté. Fedallah, les bras croisés, observait la scène d'un œil d'où toute surprise était absente.

Comme, à présent, le cachalot folâtrait diaboliquement avec la malheureuse pirogue, et que, son corps

1. Culer : faire marche arrière.

étant entièrement immergé sous le canot, il était impossible de le piquer depuis la proue. Les autres embarcations s'étaient involontairement immobilisées comme devant une catastrophe imminente et fatale. Achab, rendu furieux par la proximité excitante de son ennemi qui le plaçait, lui, vivant et impuissant, entre ces mâchoires exécrées, Achab, au comble de la frénésie, saisit à mains nues cet os formidable et tenta, de toute sa force sauvage, de lui faire lâcher prise.

Comme il luttait ainsi en vain, la mâchoire lui échappa, les minces plats-bords ployèrent en dedans et se rompirent dans un fracas, tandis que, telles d'énormes cisailles, les mâchoires brisaient complètement la baleinière en deux avant de se refermer hermétiquement dans l'eau entre les deux épaves flottantes.

Achab fut projeté dans l'eau la tête la première.

Moby Dick s'écarta de sa proie dans un bruyant ruissellement ; il se mit à décrire des cercles rapides autour de l'équipage naufragé, barattant l'eau comme s'il se préparait à un nouvel assaut encore plus meurtrier. La vue de la baleinière en morceaux semblait le mettre en fureur.

Pendant ce temps, à demi asphyxié par l'écume que soulevait la queue insolente du cachalot et trop infirme pour nager, le malheureux Achab surnageait et sa tête était pareille à une bulle ballottée que le moindre choc risquait de faire éclater. De ce qui restait de la poupe, Fedallah l'observait d'un œil calme ; les matelots cramponnés à l'autre épave en dérive ne pouvaient lui venir en aide ; ils avaient déjà suffisamment à faire avec eux-mêmes.

Bien que les autres embarcations se trouvassent tout auprès, elles n'osaient pourtant pas pénétrer dans ce maelström pour piquer, de crainte de donner ainsi le signal de la destruction immédiate des naufragés en péril.

Cependant, on avait tout vu depuis le début, du haut des mâts ; et le navire, brassant carré, avait laissé porter sur les lieux. Il était à présent si près qu'Achab hurla :

– Gouvernez sur le cachalot ! Chassez-le !

On pointa la proue du *Pequod* et, brisant le cercle enchanté, le bâtiment sépara en effet le cachalot blanc de sa victime. Tandis que l'animal s'éloignait d'un air maussade, les baleinières venaient à la rescousse.

Achab fut tiré dans la pirogue de Stubb ; ses yeux aveugles étaient injectés de sang ; le sel marin, en séchant, faisait des sillons blancs de ses rides ; sans plus pouvoir résister, il laissa aller son corps exténué qui demeura un moment anéanti au fond de l'embarcation.

– Le harpon, interrogea-t-il en se soulevant à demi et en s'appuyant sur un coude plié. L'a-t-on sauvé ?

– Oui, monsieur. Il n'a pas été lancé ; le voici, répondit Stubb.

– Pose-le devant moi… Des hommes manquent-ils ?

– Un, deux, trois, quatre, cinq… Il y avait cinq avirons, capitaine, et voici cinq hommes.

– C'est bien. Aide-moi, mon gars, je veux me mettre debout. Je le vois ! Là ! Il continue à filer sous le vent… Établissez la voile ! Lève rames ! L'aviron de gouverne !

Les deux moitiés de l'épave ayant été préalablement amenées à bord, toutes voiles dessus, le navire s'élança, vent sous vergue, dans le sillage de Moby Dick. Le souffle étincelant du cachalot était régulièrement signalé par les vigies ; lorsqu'on annonçait qu'il avait sondé, Achab notait l'heure et arpentait le pont, la montre de l'habitacle à la main ; et à la seconde même où venait à terme le délai prévu, sa voix se faisait entendre :

– À qui le doublon, maintenant ? Vous le voyez ?

C'est ainsi que se passa la journée : Achab tantôt immobile dans les hauteurs, tantôt sur le pont, dont il arpentait fiévreusement les planches.

Comme il allait et venait de la sorte, sans dire un mot, il passait et repassait à chaque demi-tour devant l'épave qu'était devenue sa baleinière, déposée sur le gaillard d'arrière et qui gisait renversée, poupe et proue fracassées. Il s'arrêta enfin devant elle, et sur le visage du vieil homme un surcroît de tristesse vint jeter son ombre.

– Oui, monsieur, dit Starbuck qui s'approchait, c'est un présage, un mauvais présage.

Peu après, la nuit tombait, mais les vigies demeuraient à leur poste.

– Impossible de voir le souffle à présent, monsieur… Il fait trop noir, cria une voix venue des hauteurs.

– Quelle direction, la dernière fois ?

– Toujours la même, monsieur, droit sous le vent.

– Bon. Il ira moins vite maintenant qu'il fait nuit. Amenez les cacatois et les bonnettes, monsieur Starbuck. Il ne faudrait pas qu'on le dépasse avant demain matin. Il taille sa route à présent, et il est possible qu'il mette en panne un certain temps. Ho ! timonier !

La barre droit sous le vent ! Vous, là-haut, descendez ! Monsieur Stubb, envoyez un homme frais et dispos à la pomme de misaine et veillez à ce qu'elle reste armée jusqu'au matin.

Puis, s'approchant du doublon cloué au grand mât :

– Marins, cet or est mien, car je l'ai gagné ; mais je le laisserai ici jusqu'à ce que le cachalot blanc soit mort ; et celui qui le premier le signalera le jour où il sera tué, celui-là aura l'or ; et si, ce jour-là, c'est encore moi qui le signale, alors c'est dix fois sa valeur qui sera divisée entre vous tous ! Disparaissez à présent ! Starbuck, le pont est à vous.

Ce disant, il gagna l'écoutille où il se plaça à mi-corps, le chapeau enfoncé jusqu'aux yeux ; il y demeura, immobile, jusqu'à l'aube ; de temps à autre, il sortait de son engourdissement pour voir où en était la nuit.

43

La chasse. Deuxième jour

Au point du jour, avec une parfaite ponctualité, les trois têtes de mâts furent équipées de nouvelles vigies.

– Le voyez-vous ? cria Achab.

– On ne voit rien, monsieur.

– Tout le monde sur le pont, et toute la toile dessus ! Il va plus vite que je ne pensais… Mais tant pis… Ce n'est qu'un répit avant l'assaut.

Il faut préciser ici que cette poursuite obstinée d'une baleine particulière, menée sans relâche de l'aube à minuit, et de minuit au lever du jour, n'est nullement exceptionnelle dans les campagnes des mers du Sud. Car tel est le génie naturel de certains capitaines de Nantucket – fait de l'intuition née de l'expérience et d'une invincible confiance – que la simple observation d'une baleine au moment où elle a été signalée pour la dernière fois leur suffit, dans des circonstances données, pour prédire assez précisément aussi bien la direction dans laquelle elle continuera un moment sa nage tandis qu'elle est hors de vue, que la vitesse probable de sa progression pendant ce temps.

Le navire labourait puissamment les eaux.

– Souffle là !… souffle là !… droit devant !

Tel était le cri qui tombait des pommes de mât.

– Mais oui, c'est cela ! commenta Stubb. Je le savais… tu ne pourras t'échapper… Le diable en personne est à tes trousses, et il est enragé !

En s'exprimant de la sorte, Stubb se faisait l'écho de presque tout l'équipage. Les fureurs de la chasse avaient maintenant en chacun d'eux atteint leur paroxysme[1]. Si certains avaient pu auparavant éprouver de blêmes[2] appréhensions, leurs craintes à présent se terraient, tenues en lisières par la terreur sacrée, toujours plus puissante, que leur inspirait Achab.

Les périls excitants de la journée précédente, l'attente de la nuit passée, la course obstinée, intrépide, aveugle que poursuivait sans relâche le navire fanatique courant après sa proie fuyante – ce tourbillon entraînait leurs cœurs à un rythme éperdu.

Ils étaient un homme, un seul, non point trente. À l'instar du navire unique qui les emportait tous, la vaillance de l'un, la peur de l'autre, le vice et l'innocence, toutes ces variétés se fondaient en une unité et toutes allaient dans une seule et même direction, le but fatal que leur désignait Achab.

Le gréement tout entier vivait. Au sommet des mâts, se balançaient, tels des bouquets de palmes, des touffes de bras et de jambes. Ah ! comme leur regard continuait

1. Paroxysme : maximum.
2. Blêmes : timides.

à scruter sans relâche cet infini d'azur dans l'espoir d'y repérer la chose qui allait peut-être les détruire !

– Pourquoi ne criez-vous pas, si vous le voyez ? lança Achab, alors qu'aucune voix ne s'était fait entendre depuis le dernier signal quelques minutes plus tôt. Marins, hissez-moi là-haut ! Vous avez été abusés. Non, ce n'est pas Moby Dick qui envoie ainsi un souffle unique avant de disparaître.

Il avait raison. Dans leur fougueuse impatience, les hommes avaient pris quelque autre chose pour le souffle du cachalot. À peine Achab avait-il atteint son perchoir qu'il lança la note tonique à tout un orchestre qui fit trembler l'air comme l'explosion d'une salve d'armes à feu.

Un cri de triomphe jaillit de trente poumons de cuir au moment où Moby Dick paraissait aux regards de tous, à moins d'un mille sur l'avant, bien plus près du navire que le jet imaginaire. Ce n'était pas par ses souffles calmes et indolents que le cachalot blanc révélait maintenant sa présence, mais par le phénomène bien plus étonnant du « saut ».

– Brèche là ! Il brèche ! entendait-on, tandis que le cachalot blanc, entre cent formidables bravades[1], se lançait comme un saumon vers les hauteurs du ciel.

Les bouillonnements d'écume ainsi produits, qui se détachaient de l'azur, brûlaient les yeux comme les feux d'un glacier.

– Oui, brèche une dernière fois vers le soleil, Moby

1. Bravade : provocation.

Dick ! lança Achab, ton heure et ton harpon sont tout proches ! Tous en bas sur le pont, sauf un homme à la pomme de misaine. Les pirogues !… Paré !

Les marins, telles des étoiles filantes, se laissèrent glisser jusqu'au pont ; Achab, lui, fut descendu de son perchoir avec célérité.

– Affalez les pirogues, ordonna-t-il, dès qu'il eut gagné la sienne, une embarcation de rechange gréée l'après-midi précédente. Monsieur Starbuck, le navire est à vous… Tenez-vous à l'écart des pirogues, mais sans vous en éloigner trop. À la mer, tous !

Comme pour les frapper de terreur sur-le-champ, Moby Dick, qui était cette fois le premier à attaquer, fit volte-face et s'élança sur les trois équipages. La baleinière d'Achab était au centre ; encourageant ses hommes, il leur dit qu'il allait prendre la baleine « en tête à tête », c'est-à-dire nager tout droit sur son front, manœuvre qui n'a rien d'inhabituel car, à une certaine distance, elle permet d'éviter l'assaut résultant de la vision latérale de la baleine.

Mais avant que ce court intervalle eût été franchi, le cachalot blanc rassembla comme instantanément sa force et sa fureur, et se rua parmi les pirogues, les mâchoires ouvertes et la queue cinglante. Indifférent aux dards lancés des trois baleinières, il semblait n'avoir d'autre but que de briser chaque bordage des embarcations. Les canots, habilement manœuvrés, l'esquivèrent pendant un moment ; il s'en fallait parfois de l'épaisseur d'une planche ; et durant tout ce temps, le hurlement inhumain d'Achab mettait en lambeaux tous les autres cris.

Pour finir, le cachalot blanc, au cours de ses évolutions embrouillées, avait si bien croisé et recroisé les trois lignes qui lui étaient attachées que, se raccourcissant, elles halaient d'elles-mêmes les malheureuses pirogues vers les fers plantés dans ses chairs, bien qu'à cet instant l'animal s'écartât un peu, comme pour se préparer à une charge plus formidable encore.

Saisissant cette occasion, Achab commença par filer de la ligne. Il secouait, espérant ainsi la désenchevêtrer quelque peu, lorsque, entortillés dans le fouillis de la ligne, un paquet de harpons et de lances sans amarre, hérissés de barbes et de pointes, vinrent frapper de leur masse étincelante et dégoulinante les plats-bords d'avant de sa baleinière.

Il n'y avait qu'une chose à faire. Saisissant le couteau de l'embarcation, Achab le plongea dans ce faisceau de métal et taillada en dedans, en travers, en dehors, tira la ligne qui passait en arrière, la lança au rameur de proue, trancha par deux fois le cordage au ras des plats-bords et rejeta ce fagot d'acier à la mer.

À cet instant, le cachalot blanc se jeta soudain dans les entremêlements des autres lignes ; attirant avec une force irrésistible les baleinières empêtrées de Stubb et de Flask vers les lobes[1] de sa queue, il les frappa ensemble comme deux coquillages roulant sur une plage battue par les brisants, puis sonda et disparut dans un maelström bouillonnant.

Tandis que les deux équipages continuaient à

1. Lobe : partie arrondie et saillante.

tournoyer dans les eaux et cherchaient à attraper les bailles à ligne, les avirons et le matériel flottant qui tournaient également ; que le petit Flask, tout de guingois, dansait sur l'onde comme une fiole vide, lançant ses jambes en l'air pour échapper aux redoutables mâchoires des requins ; que Stubb réclamait à plein gosier qu'on vienne le ramasser à la petite cuiller ; et que la ligne du vieil homme, à présent rompue, lui permettait de gagner le cœur de cet étang mousseux pour y sauver tous ceux qu'il pourrait, la baleinière d'Achab, encore indemne, parut soulevée vers le ciel par des fils invisibles : telle une flèche jaillie verticalement des profondeurs de la mer, le cachalot blanc choquait son large front contre le fond de la pirogue et l'envoyait tournoyer dans les airs.

Elle retomba enfin sens dessus dessous ; Achab et ses hommes se démenèrent pour s'en dégager, comme des phoques sortant d'une grotte sous-marine.

Le cachalot, tournant le dos à cette hécatombe[1], et comme satisfait de la besogne accomplie, enfonça dans la vague son front plissé et, entraînant dans son sillage les lignes emmêlées, il poursuivit sa route sous le vent, tel un voyageur au pas régulier.

Le navire, qui avait suivi la scène avec une attention vigilante, se porta à la rescousse, mit un canot à la mer et recueillit les marins naufragés, les bailles, les avirons qui flottaient et tout ce qui pouvait se ramasser, qu'il déposa en sûreté sur son pont. Épaules, poignets et chevilles luxés, harpons et lances tordus, avirons et

1. Hécatombe : massacre.

bordages rompus – il y avait, certes, de tout cela, mais nul accident fatal, ni même aucune blessure grave.

Lorsqu'on trouva Achab, il était désespérément cramponné à la moitié encore intacte de sa baleinière, qui lui avait permis de flotter sans trop de difficulté.

Lorsqu'on l'eut hissé sur le pont, tous les regards se fixèrent sur sa personne : au lieu de se tenir droit par ses propres moyens, il était à demi pendu à l'épaule de Starbuck, qui avait été le premier à lui porter secours. Sa jambe d'ivoire avait été arrachée et se réduisait à un court moignon aigu.

– Ah ! Starbuck, comme il est doux de s'appuyer parfois, et qu'importe celui qui s'appuie !

– Pas d'os cassé, j'espère, monsieur, dit Stubb avec une sollicitude vraie.

– Si, et brisé en mille éclats, Stubb ! Regarde... Mais même avec un os rompu, le vieil Achab est entier, et je considère que pas un os vivant de mon squelette n'est plus moi-même que l'os mort que j'ai perdu. Ho ! là-haut ! Quelle direction ?

– Droit sous le vent, monsieur.

– Alors, barre dessus ! Et vous, gardiens du navire, donnez une fois encore toute la toile ! Amenez les autres baleinières de rechange et gréez-les... Monsieur Starbuck, allez... rassemblez les équipages des pirogues.

– Laissez-moi d'abord vous accompagner jusqu'à la rambarde, monsieur.

– Oh ! comme cette esquille[1] me torture ! Destin

1. Esquille: fragment d'os.

maudit ! Un capitaine à l'âme invincible… flanqué d'un aussi lâche second !

– Monsieur ?

– Mon corps, Starbuck… pas toi. Donne-moi quelque chose qui me serve de canne… Là… cette lance rompue fera l'affaire. Rassemblez les hommes pour l'appel. Je suis certain de ne pas l'avoir encore vu. Par le Ciel, c'est impossible !… Disparu ? Vite, tous à l'appel !

Le soupçon du vieil homme se confirma. On rassembla l'équipage ; le Parsi manquait.

– Le Parsi ! cria Stubb, il a dû être pris dans…

– Courez ! Tous !… Allez ! en haut, en bas, voyez dans la cabine, sur le gaillard d'avant… Trouvez-le… Disparu ? Non, impossible.

Peu après, cependant, on revint l'informer que le Parsi était introuvable.

– Oui, monsieur, dit Stubb… pris dans les nœuds de votre ligne… Je crois bien l'avoir vu entraîné au fond…

– … dans les nœuds de *ma* ligne ? Disparu ? Et le harpon !… Fouillez dans ces débris là-bas… Le voyez-vous ?… Non, non… Il est planté dans l'animal !… Ho ! Vigies ! Ne le perdez pas de vue !… Vite ! Tous les hommes à gréer les pirogues… Rassemblez les avirons… Harponneurs ! les fers ! les fers ! Je ferai dix fois le tour du globe, je le traverserai de part en part – mais je le tuerai !

– Jamais, jamais tu ne l'attraperas, vieil homme, s'écria Starbuck. Mets un terme à tout ceci, qui est pire que la folie du diable. Deux jours de chasse, nos pirogues par deux fois défoncées, ta jambe arrachée une fois de plus, ton ombre maudite disparue… Que veux-tu de plus ? Allons-nous nous laisser entraîner par lui au fond de l'abîme ? Nous laisser haler jusqu'aux Enfers ? Le poursuivre plus longtemps est impie[1] et sacrilège !

– Achab est Achab à jamais, mon gars. Ce drame est écrit depuis toujours. Quant à toi, subalterne, veille à obéir à mes ordres ! Marins, venez, faites cercle autour de moi. Croyez-vous à ce que l'on appelle les présages ? Alors, riez de bon cœur et criez *Bis* ! Car toute chose en perdition, avant de couler par le fond, remonte deux fois à la surface, puis une troisième, avant de sombrer à jamais. Il en ira de même avec Moby Dick… Deux jours de suite, il a refait surface… demain sera le troisième. Il remontera une fois encore pour exhaler son dernier souffle ! Aurez-vous le courage qu'il faut, mes hommes, aurez-vous assez de courage ?

– Oui, celui du feu, qui est intrépide, cria Stubb.

Et comme les hommes se dirigeaient vers l'avant, Achab continua à part soi :

– Ce qu'on appelle les présages !… Le Parsi… disparu ? Il devait partir le premier… mais reparaître avant que je périsse… Comment comprendre cela ? Voilà une énigme qui déconcerterait tous les avocats du monde… Mais je résoudrai l'énigme, oui, je la résoudrai !

Quand la nuit tomba, le cachalot était toujours en vue sous le vent.

Et cette fois encore on diminua de toile, et tout se passa à peu près comme la nuit précédente, sauf que l'on entendit le bruit des marteaux et le bourdonnement de

1. Impie : qui ne respecte pas la religion.

la meule jusqu'au point du jour, car les hommes travaillaient à la lueur des falots[1], gréant à neuf avec le plus grand soin les embarcations de rechange et aiguisant leurs nouvelles armes pour le lendemain. Pendant ce temps, le charpentier taillait dans la quille brisée du canot d'Achab une autre jambe.

Achab, quant à lui, comme la nuit d'avant, se tenait immobile dans son écoutille, le chapeau rabattu sur le front ; et son regard, dardé sur l'orient, attendait le premier soleil.

1. Falot : grande lanterne.

44

La chasse. Troisième jour

Le matin du troisième jour se leva, clair et frais, et une fois de plus la vigie nocturne à la pomme du mât de misaine fut relevée par une foule de guetteurs de jour disséminés sur chaque mât.

– Le voyez-vous ? cria Achab.

– Rien, monsieur.

– Nous sommes pourtant dans son sillage, immanquablement. Il suffit de le suivre. Timonier, maintiens ta barre bien droite comme tu as fait jusqu'à présent. Quel beau jour à nouveau ! Ho, là-haut ! Que voyez-vous ?

– Rien, monsieur.

– Rien… et midi approche ! Le doublon demande l'aumône ! Voyez le soleil ! Ce doit être cela. Je l'ai dépassé. Oui… c'est lui qui me chasse à présent, et non le contraire. Inquiétant… J'aurais dû m'en douter. Imbécile ! Les lignes… les harpons qu'il remorque… Oui, oui… je l'ai dépassé la nuit dernière. Pare à virer ! Tous en bas, tous, sauf les vigies habituelles ! Armez les bras de vergue !

Le *Pequod* avait jusqu'alors couru le vent sur la

hanche ; mais à présent, ayant viré cap sur cap, il naviguait au plus près en barattant l'écume crémeuse de son propre sillage blanc.

– Il gouverne contre le vent et file tout droit vers la mâchoire béante, murmura Starbuck à part soi.

– Pare à me hisser ! lança Achab. Nous n'allons pas tarder à le rencontrer.

Starbuck s'exécuta aussitôt et Achab, une fois de plus, gagna ses hauteurs. Une heure entière s'écoula. Enfin, à quelque trois points du côté du vent, Achab aperçut à nouveau le souffle et, au même instant, des trois pommes de mât, trois cris fusèrent, comme lancés par les langues de feu.

– Cette fois, la troisième, c'est front contre front que je te rencontre, Moby Dick ! Orientez les voiles au plus près. Il est encore trop loin pour que nous mettions maintenant à la mer, monsieur Starbuck.

Le moment venu, on mit les baleinières à la mer ; mais comme il était debout à l'arrière de sa chaloupe qu'on s'apprêtait à descendre sur l'eau, Achab fit un signe à son second et lui demanda d'interrompre la manœuvre.

– Starbuck !

– Capitaine ?

– Pour la troisième fois, le vaisseau de mon âme lève l'ancre pour ce même voyage.

– Oui, capitaine, telle est ta volonté.

– Il est des navires, Starbuck, qui ne reviennent jamais à leur port d'attache.

– C'est vrai, capitaine, tristement vrai.

– Et il est des hommes qui meurent au jusant[1], d'autres à marée basse, d'autres encore quand la mer est au plus haut… Je suis vieux… Serre-moi la main, ami.

Leurs mains se touchèrent ; leurs regards ne se détachaient plus l'un de l'autre ; les pleurs de Starbuck les avaient figés.

– Capitaine ! Non, non, ne pars pas… Vois, ces larmes sont celles d'un brave… et juge alors du supplice où je suis de te convaincre !

– Affalez ! commanda Achab, en repoussant le bras du second. Paré, tous !

En un instant, la pirogue eut débordé de la poupe.

– Les requins ! les requins ! lança une voix venue du hublot bas de la cabine. Revenez !

Mais Achab n'entendit rien, car à ce moment il criait lui-même à pleine gorge, et sa pirogue bondit en avant.

La voix, pourtant, disait vrai. À peine s'était-il éloigné du navire que des requins en grand nombre, remontant des eaux sombres sous la quille, venaient malignement mordre les pelles des avirons chaque fois que celles-ci s'enfonçaient dans l'eau, et accompagnaient ainsi la baleinière de leurs coups de dents.

La chose n'est pas rare dans ces mers où ils pullulent ; et il arrive qu'ils poursuivent ainsi les pirogues avec la même sorte de prescience[2] que les vautours. Mais ces

1. Jusant : période pendant laquelle la marée descend.
2. Prescience : intuition.

requins étaient les premiers que rencontrait le *Pequod* depuis que le cachalot blanc avait été signalé.

– Cœur d'acier forgé ! murmura Starbuck qui regardait, du bastingage, la baleinière s'éloigner. Tu peux donc rester hardiment impassible devant pareil spectacle, mettre ta quille à la mer parmi les requins voraces qui t'accompagnent, la gueule grande ouverte, dans ta chasse, le jour décisif – le troisième ?

Les baleinières n'étaient pas encore allées bien loin quand, à un signal des vigies, Achab sut que le cachalot avait sondé ; mais comme il voulait se trouver tout près de lui au moment où il émergerait de nouveau, il continua sa route, qui s'écartait légèrement de celle du navire. L'équipage ensorcelé gardait un silence profond, tandis que les vagues cognaient à coups réguliers l'étrave qui les labourait.

Soudain, l'onde alentour se mit à enfler, lentement, en formant de larges cercles, puis se souleva d'un coup comme si elle roulait des flancs d'une montagne de glace immergée remontant d'une poussée à la surface. Un grondement sourd se fit entendre. Tous retenaient leur souffle : une vaste forme hérissée des lignes, des harpons et des lances qu'elle traînait, surgit de toute sa longueur, d'un bond oblique, hors de l'eau.

Enveloppée d'un mince voile de brume qui flottait, elle demeura comme suspendue un instant dans l'air, puis retomba lourdement dans les flots. Sous cet écrasement, les eaux rejaillirent à trente pieds de hauteur, avant de se répandre en une pluie de flocons, recouvrant les eaux tournoyantes comme d'une mousse de lait frais.

– Nagez partout ! lança Achab aux canotiers, et les baleinières se lancèrent à l'attaque.

Mais rendu furieux par les fers de la veille qui lui fouaillaient les chairs, Moby Dick se jeta la tête la première parmi les baleinières qu'il sépara à force de violents coups de fléau, faisant voler en tout sens les fers et les lances des pirogues des deux lieutenants, défonçant un côté de l'extrémité supérieure de leur proue, mais laissant celle d'Achab presque sans égratignure.

Tandis que le cachalot, s'écartant d'eux, faisait demi-tour et révélait, au moment où il les dépassait, un flanc tout entier, un cri bref s'éleva. Ligoté sur le dos de l'animal, prisonnier des tours innombrables des lignes dans lesquelles le cachalot l'avait enroulé durant la nuit précédente, le corps à demi déchiqueté du Parsi parut aux regards ; son vêtement noir était en loques, ses yeux exorbités fixaient le vieil Achab.

Le harpon lui tomba des mains.

– Ainsi donc, Parsi, je te revois… et tu me précèdes ; et ceci… *ceci* serait le corbillard que tu avais annoncé. Lieutenants, retournez au navire ! Ces pirogues sont hors d'usage à présent. Réparez-les vite, si vous le pouvez, et revenez ; sinon, il suffira que je sois seul à mourir… Assis, vous autres ! Le premier qui serait tenté de sauter hors de cette baleinière où je me tiens, celui-là connaîtra mon harpon. Vous n'êtes plus des hommes comme les autres, vous êtes mes bras et mes jambes ; vous m'obéissez donc… Où est le cachalot ? Il a sondé encore une fois ?

Il le cherchait trop près de sa baleinière. Car Moby

Dick, comme s'il n'avait d'autre intention que de s'enfuir avec le cadavre qu'il portait, avait repris sa nage régulière en avant et presque dépassé le navire, qui suivait jusqu'alors la direction opposée, mais avait maintenant mis en panne. Il paraissait aller aussi vite que possible et décidé à continuer à tailler sa route droite à travers l'océan.

– Oh ! Achab, s'écria Starbuck, il n'est pas trop tard, même à cet instant, en ce troisième jour, pour renoncer. Vois ! Moby Dick ne te cherche pas. C'est toi, toi seul qui, dans ta folie, le cherches !

La baleinière solitaire déploya sa voile à la brise qui fraîchissait et fut vite entraînée sous le vent. Enfin, quand Achab se trouva glisser le long du navire, si près du bord qu'il pouvait clairement distinguer le visage de Starbuck penché à la rambarde, il lui cria de virer et de le suivre sans hâte, à une distance judicieuse.

Levant les yeux, il vit Tashtego, Quiqueg et Daggou qui grimpaient avec zèle aux pommes des trois mâts, tandis que les canotiers se balançaient dans les deux baleinières crevées qu'on venait de hisser sur le flanc, et s'affairaient à les réparer. Par les sabords, il entraperçut également Stubb et Flask sur le pont, parmi des amas de fers et de lances encore intacts. Remarquant alors que le penon[1] avait disparu du grand mât, il commanda d'une voix forte à Tashtego, qui venait d'atteindre son perchoir, de redescendre chercher un autre drapeau, un marteau et des clous, et de le clouer au mât.

1. Penon : ruban indiquant le sens du vent.

Que le cachalot blanc fût épuisé par les trois jours de chasse interrompue, ou par le frein que son encombrante charge de lignes enchevêtrées opposait à sa nage, ou que cette manœuvre fût l'expression de sa ruse et de sa malice, l'animal commençait à ralentir son allure, et la baleinière put ainsi se rapprocher rapidement de lui à nouveau.

Achab glissait toujours sur l'onde, accompagné par les requins impitoyables qui se serraient si obstinément contre la pirogue, en mordaient si méthodiquement les avirons que les pelles, tailladées et déchiquetées, abandonnaient de petits éclats à la mer chaque fois qu'elles s'y enfonçaient.

– N'y faites pas attention ! Nagez !

– Mais chaque coup de dents raccourcit nos fines pelles, monsieur !

– Elles dureront bien assez longtemps ! Nagez !… Mais qui peut dire, murmura-t-il, si ces requins sont venus pour se régaler du cachalot ou d'Achab ?… Nagez donc, tous ensemble, maintenant… nous nous approchons de lui. Laissez-moi passer !

À ces mots, deux canotiers l'aidèrent à gagner l'avant de la baleinière qui filait toujours à vive allure.

Enfin, quand la pirogue lancée de côté vint longer le flanc du cachalot blanc, Achab se trouvait bel et bien au milieu de la brume fumante que projetait son évent et qui s'enroulait autour de sa bosse. Le buste rejeté en arrière et les deux bras haut levés pour maintenir son arme en équilibre, il lança son fer farouche, et une malédiction plus farouche encore, dans le corps du cachalot haï.

L'acier et l'imprécation s'enfoncèrent dans les chairs jusqu'à la garde, comme aspirés par une fondrière[1]. Moby Dick se tordit, roula convulsivement son flanc tout proche contre l'avant du canot et, sans lui faire subir le moindre dommage, le renversa si brusquement que, s'il ne se fût pas alors cramponné à la partie surélevée du plat-bord, Achab eût été une fois encore jeté à la mer.

Presque en même temps, le cachalot blanc partit comme une flèche à travers l'océan bouillonnant. Mais quand Achab cria à son timonier de donner quelques tours supplémentaires à la ligne et de la maintenir tendue, puis ordonna aux hommes de l'équipage de se retourner sur leurs bancs afin de haler la baleinière à son but, la ligne traîtresse céda sous la double traction et se rompit avec un claquement de fouet dans l'espace.

– Aux avirons ! aux avirons ! Sautez-lui dessus !

En entendant les chocs formidables de l'étrave qui fracassait lame après lame, le cachalot fit demi-tour. Ce faisant, il aperçut la coque noire du navire qui approchait ; jugeant peut-être qu'il tenait là un ennemi plus considérable et plus noble, il chargea soudain contre la proue qui venait sur lui, en faisant claquer ses mâchoires parmi de rutilantes cascades d'écume.

Achab chancela et se frappa le front.

Le marteau de Tashtego à la pomme du grand mât demeura – le temps d'un regard – suspendu dans sa main, et le drapeau rouge qui l'enveloppait à demi à la façon

1. Fondrière : creux recouvert de boue.

d'un plaid s'éploya sur sa poitrine, comme si son propre cœur s'épanchait dans l'espace. Starbuck et Stubb, qui se tenaient au-dessous de lui sur le beaupré, virent au même instant que lui le monstre arriver sur eux.

– Le cachalot, le cachalot ! Barre dessus, barre dessus ! Oh ! Achab, Achab !… vois ton œuvre… Il vire pour nous aborder ! Oh ! son front inapaisable s'élance vers un homme à qui le devoir ordonne de ne point fuir. Mon Dieu, soyez à mes côtés en cet instant ! Ne permettez pas que Starbuck, s'il doit mourir, meure en défaillant comme une femme.

– Non pas à mes côtés… Placez-vous plutôt au-dessous de moi, qui que vous soyez, si vous voulez aider Stubb ; car Stubb, lui non plus, ne partira pas. J'ai bien des grimaces à ton service, grimaçant cachalot ! Pourquoi ne veux-tu pas fuir, Achab ? Quant à moi, je quitte souliers et vareuse ; que Stubb meure en caleçon ! Un peu trop humide, cependant, cette mort, et trop salée… Des cerises ! Oh ! Flask, que ne donnerais-je pour une cerise bien rouge avant que nous mourions !

– Des cerises ? J'aimerais seulement être au pays où elles poussent. Oh ! Stubb, j'espère que ma pauvre mère a touché ma part de la paie avant ce moment ; sinon elle attendra en vain ses quelques sous, car le voyage s'achève ici.

À l'avant du navire, presque tous les marins étaient comme frappés d'inertie[1], avec à la main les morceaux de bordage, les lances et les harpons tels qu'ils étaient

1. Inertie : passivité.

quand les uns et les autres, cessant leur travail, s'étaient précipités ; les regards médusés ne pouvaient se détacher du cachalot.

Dans tout son aspect se lisaient le châtiment, une vengeance sans délai, une malignité sans fin ; et en dépit de tout ce qu'il était humainement possible de faire, le puissant contrefort blanc de son front heurta la proue par tribord, envoyant rouler hommes et pièces de construction. Certains tombèrent la face contre le sol. Les têtes des harponneurs en vigie, telles des pommes de mât déboîtées, ballaient[1] sur leur cou de taureau. Ils entendaient, par la brèche, les eaux s'engouffrer avec le fracas d'un torrent de montagne au fond d'un ravin.

– Le navire ! s'écria Achab de sa baleinière.

Plongeant sous le navire qui s'enfonçait, le cachalot remonta promptement à la surface, à quelques mètres seulement de la baleinière d'Achab, où il se tint, un moment, parfaitement tranquille.

– Toi, navire voué à une mort glorieuse ! Faut-il que tu périsses maintenant, et sans moi ? Serai-je donc frustré de l'ultime fierté du plus misérable des capitaines à l'instant du naufrage ? Oh ! mort solitaire pour une vie solitaire ! Jusqu'au dernier moment, contre toi, cachalot, je lutterai corps à corps ; du cœur de l'enfer, je te frapperai ; au nom de la haine, je te crache mon dernier souffle. Que je sois mis en pièces alors même que, attaché à toi, je te poursuis, cachalot maudit ! Vois comme je dépose les armes !

1. Ballaient : dansaient (vieilli).

Le harpon fut lancé ; le cachalot touché bondit en avant ; avec la rapidité d'une flamme, la ligne se dévida dans la rainure et s'engagea. Achab se pencha pour la désentraver[1], la libéra.

Mais la boucle en plein vol se resserra autour de son cou et, sans un mot, comme les serviteurs muets du sultan étranglent leurs victimes, il fut emporté hors de la baleinière avant que l'équipage ait eu le temps de remarquer qu'il n'était plus là. L'instant d'après, la lourde épissure[2] à œillet de l'extrémité de la ligne s'envola de la baille vide, renversa un canotier, frappa la surface de l'eau et disparut dans les profondeurs.

Pendant un instant, l'équipage cessa de bouger, pétrifié ; puis les hommes se retournèrent.

– Le navire ? Grand Dieu, où est le navire ?

Bientôt, à travers de troublantes vapeurs, ils virent son long fantôme se dissiper ; seuls les mâts supérieurs étaient encore hors de l'eau, et, vissés à leur perchoir naguère aérien – par fol entêtement, ou fidélité, ou encore fatalité –, les trois harponneurs païens en vigie continuaient d'observer la mer jusque dans l'engloutissement. Des cercles concentriques saisirent alors la pirogue esseulée, son équipage, les avirons qui flottaient et les hampes des lances, entraînant tout, êtres et choses, dans un formidable maelström, emportant hors de vue jusqu'au plus petit morceau d'épave du *Pequod*.

1. Désentraver : libérer de ses entraves.
2. Épissure : nœud de deux cordages.

À présent, de petits oiseaux criards voletaient au-dessus du gouffre encore béant, dont une morne écume blanche battait les parois abruptes ; puis tout s'effondra, et l'immense linceul de l'océan continua de rouler comme il roulait il y a cinq mille ans.

Épilogue

Et je me suis échappé moi seul,
pour t'en apporter la nouvelle.
JOB.

Le drame est achevé. Pourquoi donc quelqu'un s'avance-t-il ? Parce que quelqu'un survécut au naufrage.

Il se trouve qu'après la disparition du Parsi, c'est moi que les Parques[1] désignèrent pour prendre sa place dans la baleinière d'Achab ; c'est moi qui, le dernier jour, lorsque les autres hommes furent projetés hors de la pirogue malmenée, fut abandonné à l'arrière. Flottant alors sur le bord extérieur de la scène qui suivit et se déroula tout entière sous mes yeux, lorsque l'aspiration du vaisseau qui sombrait, en perdant de sa violence, parvint jusqu'à moi, je fus lentement attiré vers le tourbillon qui se refermait. Quand je l'atteignis, ce n'était plus qu'un étang mousseux. Je tournai, tournai tel un

1. Les Parques : dans la mythologie romaine, ces trois divinités contrôlent la vie des hommes. Elles accordent à chacun une durée de vie, la première en filant, la deuxième en enroulant le fil et la troisième en le coupant.

nouvel Ixion[1], décrivant des cercles qui se contractaient toujours plus, me rapprochant de la bulle noire, pareille à un bouton, qui constituait le centre de cette roue au calme tournoiement.

Quand je touchai ce point vital, la bulle noire éclata à la surface. Remontant avec force des profondeurs en raison de sa grande flottabilité, le cercueil-bouée jaillit verticalement, se renversa et demeura à mes côtés.

Porté par ce cercueil pendant près d'un jour et une nuit, je flottai sur une onde douce, bercé par son chant funèbre. Les requins, inoffensifs, glissaient de-ci, de-là, les mâchoires comme muselées ; les féroces aigles de mer planaient, le bec au fourreau.

Le second jour, une voile parut, s'approcha, et me recueillit enfin. C'était la *Rachel* à la course errante ; ayant rebroussé chemin pour continuer de chercher ses enfants perdus, elle ne trouva qu'un autre orphelin.

1. Ixion : roi des Lapithes en Grèce, condamné par Zeus à être attaché à une roue tournant pour l'éternité, dans le ciel au gré des vents.

Carnet de lecture

Qui êtes-vous, Herman Melville ?

Une enfance difficile

Herman Melville naît à New York le 1er août 1819. Troisième garçon d'une fratrie de huit enfants, il est issu, du côté paternel, d'une famille de commerçants écossais et, du côté maternel, d'une lignée de notables hollandais. L'enfant entretient des relations compliquées avec sa mère, Maria Gansevoort, une femme austère d'une excessive sévérité. Son père, Allan Melville, dirige une entreprise d'importation new-yorkaise qui, en 1826, connaît la faillite. Cette famille aisée s'enfonce alors dans la pauvreté.

Après plusieurs déménagements, les Melville s'installent à Albany, capitale de l'État de New York. Criblé de dettes, le père travaille dans une fabrique de fourrures pour nourrir ses enfants. Mais une pneumonie l'emporte en 1832. Herman et son frère aîné se voient obligés de subvenir aux besoins de la famille. Le jeune adolescent, âgé de treize ans à peine, quitte le collège et exerce de petits métiers : ouvrier agricole chez un de ses oncles, vendeur dans un magasin, instituteur, puis employé de banque. Parallèlement, il réussit à poursuivre ses études au lycée d'Albany et découvre les joies de la lecture à travers des écrivains anglais du XVIIIe siècle comme James Fenimore Cooper ou Walter Scott.

De l'aventure à l'écriture

Pour gagner sa vie, à vingt ans, il embarque comme mousse sur un bateau marchand en direction de Liverpool. Cette brève et douloureuse expérience, racontée dans un roman autobiographique, *Redburn, ou Sa première croisière* (1849), lui fait découvrir l'univers des marins : impitoyable et extrêmement hiérarchisé. Quelques mois après son retour, il s'engage cette fois-ci sur un baleinier, l'*Acushnet*. Le voyage, une campagne de chasse à la baleine vers les mers du Sud, est prévu pour une durée de quatre ans. Mais, au bout d'une année et demie, le jeune homme déserte en compagnie d'un ami. Ils débarquent sur une île du Pacifique, Nuku-Hiva, où ils séjournent un mois, accueillis par une tribu cannibale, les Taïpis. Melville fait également l'expérience de la prison à Tahiti, pour avoir participé à une mutinerie à bord d'un baleinier australien sur lequel il avait réussi à embarquer.

De retour à Boston, Herman Melville a vingt-cinq ans. Il est bien décidé à se servir de ses aventures personnelles pour se consacrer à l'écriture. Encouragé par ses sœurs, il publie à Londres un premier récit, *Taïpi* (1846), et à Boston le roman suivant, *Omoo* (1847). Ses lecteurs sont fascinés par ces récits d'aventures où ils découvrent un univers exotique à travers une expérience vécue. Toutefois, le regard critique de l'écrivain concernant le rôle joué par les missionnaires dans les mers du Sud ne plaît pas toujours.

En 1847, l'écrivain épouse la fille d'un juge à la Cour suprême du Massachusetts, ami d'enfance de son père et bienfaiteur de la famille Melville dans les moments les plus difficiles. De son union avec Elizabeth Shaw naîtront quatre enfants. Déterminé à devenir un écrivain reconnu pour ses talents littéraires, il lit avec passion les œuvres de grands auteurs classiques, en particulier ceux du XVIe siècle comme Rabelais et Montaigne. En 1849, à Londres, il publie *Mardi*, un livre inclassable boudé par le public qui n'y retrouve pas l'exotisme des récits précédents et considère comme ennuyeuses les réflexions philosophiques de l'écrivain.

Il faut attendre 1851 pour que paraisse *Moby-Dick, or The White Whale*. Ce roman, inscrit aujourd'hui au tableau des chefs-d'œuvre de la littérature américaine du XIXe siècle, est accueilli dans l'indifférence générale. Les déboires littéraires de Melville ne font que commencer.

Un écrivain incompris

Le juge Shaw encourage son gendre, très affecté par cet échec, à entamer un long voyage qui le mène en Angleterre, au Moyen-Orient, puis en Méditerranée. De retour, six mois plus tard, l'écrivain tente de gagner sa vie en donnant quelques conférences mais finit par abandonner face au désintérêt du public. En 1866, il obtient la charge d'inspecteur de douanes de la ville de New York, poste qu'il occupe pendant vingt ans. Enfin à l'abri du besoin, Herman Melville, à la retraite, peut consacrer son temps à la poésie. L'écriture de son dernier récit de mer, *Billy Budd, marin* (1891, publié en 1924), s'achève quelques mois avant sa mort.

Victime d'un arrêt cardiaque, l'auteur de *Moby-Dick* meurt le 28 septembre 1891 dans la plus grande des solitudes.

Aux origines de *Moby-Dick*

La puissance de la nature a toujours effrayé l'homme qui, voulant la maîtriser ou la combattre, souvent au péril de sa vie, découvre la fragilité de son existence. *Moby-Dick* s'inscrit dans cette tradition qui fait de l'animal aux dimensions surnaturelles un personnage de légende.

Le léviathan

Le léviathan, l'ancêtre du cachalot, date de la préhistoire. Des fossiles de ce monstre marin, qui aurait vécu il y a une dizaine de millions d'années, ont été découverts en 2008 au Pérou. Sa taille pouvait atteindre dix-huit mètres et son poids cinquante tonnes. Avec ses crocs de douze centimètres de diamètre, ce mammifère dévorait quotidiennement plusieurs centaines de kilos de petites baleines, de phoques, de calmars et de dauphins. L'extinction de cette espèce – appelée le *Livyatan melvillei* en hommage à Herman Melville – est très certainement due à la disparition de son environnement provoquée par les changements climatiques passés.

Aujourd'hui, seules trois espèces de cachalot subsistent. Leur taille et leur poids sont aussi gigantesques que ceux de leurs ancêtres. Très bruyants, ces mammifères marins d'une durée de vie de soixante-dix ans vivent dans la quasi-totalité des océans et des mers du globe. Leur queue peut atteindre quatre mètres de long tandis que leur tête mesure jusqu'à trois mètres. Cette partie du corps représente trente pour cent de leur poids total. C'est celle qui flotte le mieux dans l'eau, ce qui explique pourquoi ces cétacés dorment à la verticale. Leur cerveau est le plus gros des cerveaux des êtres vivants sur Terre ! La dimension de leurs dents est toujours aussi impressionnante mais ils ne s'en servent pas pour dévorer leur nourriture. Enfin, ils peuvent plonger jusqu'à trois mille mètres au fond des mers et rester immergés, en apnée, durant une heure et demie.

Des légendes

Le gabarit effrayant du léviathan a certainement marqué les esprits au point de nourrir la légende. Tour à tour serpent, dragon ou baleine, il peut également apparaître comme un monstre à plusieurs têtes. Dans les légendes phéniciennes, par exemple, le monstre marin, sous la forme d'un serpent, est une divinité du chaos, frère ennemi du dieu Baal. Dans la mythologie grecque, il s'agit d'une baleine monstrueuse. Céto, une des filles de Gaïa (la Terre), est la mère de nombreux monstres marins, dont les plus connus sont les Gorgones. Enfin, dans le folklore hébreu le léviathan évoque le désordre et le mal. Ainsi, dans la Bible, et en particulier dans le Livre de Job, ce monstre des mers ou ce dragon qui crache du feu incarne la puissance du mal.

L'Ancien Testament, à travers les aventures du prophète Jonas, nous présente cet animal marin sous un autre jour. Dieu a demandé à Jonas d'aller annoncer aux habitants de Ninive, en Mésopotamie, un châtiment divin. Jonas désobéit et s'enfuit à l'autre bout du monde. Mais le navire sur lequel il a embarqué est pris dans une tempête. Jonas reconnaît le signe de la colère divine et demande aux marins de le jeter à la mer. Englouti par une baleine, Jonas prie pendant trois jours et trois nuits dans les entrailles du léviathan. Dieu ordonne alors à l'animal marin de rejeter l'homme afin qu'il accomplisse sa mission. Ce dernier retourne à Ninive, où les habitants se convertissent au judaïsme.

Moby Dick : une créature devenue mythe littéraire

Sans aucun doute, ces légendes ont été sources d'inspiration pour créer le personnage de Moby Dick. Cependant, l'imaginaire de l'auteur se nourrit également d'événements contemporains. Herman Melville se souvient de ses expériences de marin tout en faisant preuve de connaissances encyclopédiques.

Pour imaginer le cachalot poursuivi par le capitaine Achab, l'écrivain s'inspire du basilosaurus, ancêtre préhistorique de la baleine. Les faits d'actualité font le reste. Moby Dick a pour modèles un grand cachalot qui a causé le naufrage du baleinier l'*Essex* en 1820 et Mocha Dick, l'albinos solitaire repéré à la même époque non loin de l'île Mocha, au large du Chili.

La légende finit d'achever la construction du mythe littéraire. Moby Dick incarne le Mal pour le capitaine Achab qui tente de s'opposer à sa destinée. La force surnaturelle du monstre rappelle aux lecteurs le pouvoir limité des hommes sur leur existence. Seul le narrateur, témoin tel le messager dans le Livre de Job, survit au naufrage final pour nous rapporter une histoire universelle aux multiples interprétations.

Les chasseurs de baleine

Lire le roman de Moby Dick, c'est plonger dans l'univers fascinant des chasseurs de cachalots qui ont sillonné les mers et les océans dès l'Antiquité. Embarqué sur le *Pequod*, le lecteur découvre, aux côtés du capitaine Achab et de son équipage, le quotidien de ces aventuriers de la mer, aujourd'hui tombés dans l'oubli.

Infatigables voyageurs

Mille ans avant Jésus-Christ, dans les mers du Grand Nord, baleines ou cachalots étaient déjà chassés, comme en témoignent quelques gravures et ossements. Au Moyen Âge, les pêcheurs du Pays basque construisent des tours de guet pour surveiller, au printemps, l'approche de ces cétacés qui choisissent les côtes françaises pour mettre bas. De petites embarcations se lancent à l'assaut de ces monstres de la mer. Une fois harponné, l'animal blessé est ramené à terre, où commence le dépeçage.

Au XVIe siècle, les troupeaux de baleines, au large du Groenland ou dans l'estuaire du fleuve Saint-Laurent, attirent les pêcheurs basques qui transforment la graisse de l'animal en huile. Au XVIIe, les flottes baleinières espagnoles, françaises, anglaises et néerlandaises occupent les eaux arctiques. Les chasseurs de baleines sillonnent également les océans en fonction du déplacement de leurs proies. Ainsi deviennent-ils de grands explorateurs des mers, comme le montrent les routes maritimes qu'ils tracent au cours des siècles. Les colons britanniques installent des guets le long de la côte nord-est américaine. C'est ainsi que le port de Nantucket, évoqué dans *Moby-Dick*, devient au XVIIIe siècle le plus grand port baleinier.

Au gré des découvertes scientifiques

Les techniques de pêche évoluent au cours du XVIIIe siècle. Fini, le temps où l'on attendait que ces géants de la mer approchent des côtes. De grands bateaux, des voiliers, chargent les pirogues, les baleinières, pour chasser en haute mer. On embarque pour trois ou quatre ans. Toute l'exploitation de la pêche doit désormais se faire à bord du baleinier. Des milliers de barriques embarquées dans les cales sont remplies d'huile tirée des baleines avant le retour sur terre.

À la fin du XVIIIe siècle, les Américains prennent le contrôle de cette pêche à travers les mers et les océans. Les enjeux économiques expliquent la quasi-industrialisation de cette activité au XIXe siècle. Certains pensent même pouvoir remplacer la houille, un important combustible fossile, par l'huile de cétacé. En attendant de réaliser cette folle idée, toutes les parties de l'animal sont exploitées. L'huile des cachalots sert à composer des combustibles ; le spermaceti est utilisé pour les cosmétiques, les bougies ou le savon ; les fanons, pour fabriquer des arcs ou du fil pour coudre le cuir. Tous les phares de la côte française, par exemple, sont éclairés au moyen de cette huile qui ne noircit pas les vitres. Les savants s'en mêlent. On invente le harpon à tête explosive qui permet de se tenir sur le navire à cinquante mètres de l'animal. Ainsi la baleine n'est plus harponnée à bout portant et les harponneurs prennent moins de risques, mais cette technique de pêche, plus intensive, met en péril de plus en plus d'espèces de cétacés.

La vie à bord des baleiniers

De nombreux carnets de voyage de médecins ou de savants embarqués à bord des baleiniers au XIXe siècle témoignent des conditions de vie difficiles de ces jeunes hommes, engagés dans des campagnes de pêche de plusieurs années. Ignorant souvent tout du métier de marin, ces aventuriers espéraient se constituer un petit pécule. Mais, sur les bateaux, ils étaient mis à rude épreuve. Les grandes chaleurs ou les froids extrêmes influençaient leur humeur. Leurs frêles embarcations, des baleinières de huit ou neuf mètres de long de couleur noire, pouvaient être détruites par un simple coup de queue de l'animal blessé. Quelle que soit sa profession, capitaine, officier, harponneur, charpentier, tonnelier ou cuisinier, chacun pouvait être mobilisé lorsque la baleine ou le cachalot était repéré.

Les relations extrêmement hiérarchisées à bord de ces navires se traduisaient dans les espaces de vie. Louis Thiercelin, chirurgien embarqué à bord du navire *Gustave*, dans son *Journal d'un baleinier* (1866), décrit le carré d'un baleinier, chambre assez confortable où l'on peut se tenir assis, debout ou couché, tandis que l'équipage est hébergé dans des logements collectifs. Le portrait qu'il fait du capitaine de ce bateau souligne la grande compétence du marin acquise au cours de ces années passées à naviguer. Enfin, l'accent est mis sur cet univers masculin que la peur ne quitte pas. La navigation, pour tous, est une alternance d'attente où l'on prépare le matériel de pêche et d'instants brefs où les hommes armés de leurs lances s'attaquent au monstre marin. La tension omniprésente explique les comportements violents, voire cruels, des officiers ou du capitaine, elle soude également l'équipage au moment de la chasse.

Les navires, nombreux sur ces routes maritimes, se croisent et s'entraident. Dans un autre extrait de journal, Charles Frouin, chirurgien lui aussi, mentionne une nourriture au goût agréable mais pas très variée. D'autres témoignages évoquent une alimentation plus sommaire, faite de morceaux de salé, de mélasse et de pain dur. Sur les baleiniers français sont embarqués des médecins, chargés de soigner de nombreuses maladies, dont le scorbut. Enfin, on enterre les morts en les jetant à la mer.

Espèces en voie de disparition

Cette pêche devenue extrêmement meurtrière au début du XXe siècle menace certaines espèces. Aujourd'hui, les chasseurs de baleines sont japonais, norvégiens ou islandais et doivent composer avec la Commission baleinière internationale, créée en 1946, pour protéger et réglementer la chasse à la baleine.

Moby-Dick : apprentissage et réflexion philosophique au cœur de l'aventure

« Appelez-moi Ismaël. » Ces paroles, adressées au lecteur par celui qui sera notre guide, annoncent dès les premières lignes du roman une aventure particulière, une invitation au voyage, dont ni les personnages ni les lecteurs ne sortiront indemnes.

Du vécu au romanesque

Le narrateur, avant de commencer son récit, établit un pacte avec le lecteur. Ce dernier est prié d'accepter cette identité : Ismaël. Comment ne pas penser au fils illégitime d'Abraham qui, dans la Bible, est condamné à l'exil ?

Ismaël, comme le fit Herman Melville, s'embarque sur un baleinier. Désireux de s'éloigner de son quotidien morose, le jeune homme s'engage pour une campagne de pêche à la baleine. La ressemblance entre le narrateur-personnage et l'auteur est troublante, tant sont nombreux les indices autobiographiques. La profession d'instituteur, l'appel du large, les descriptions du port baleinier, de ses tavernes et de ses auberges sont empruntés au vécu de l'écrivain. Quant au récit d'aventures, il s'inspire aussi de ses expériences, notamment l'itinéraire du *Pequod* ou les nombreux portraits des marins qu'il a côtoyés. Mais Herman Melville n'entend pas tenir un journal de bord ni livrer un simple témoignage, c'est l'aventure de l'écriture qui le passionne. Les émotions ressenties à bord du baleinier ou lors de son séjour dans une tribu cannibale nourrissent son imaginaire pour former un roman d'aventures.

L'incipit plonge instantanément le lecteur dans l'univers du roman d'aventures. Nous voilà prêts à vivre les péripéties d'un voyage qui devrait durer quelques années. Pourtant, la trame narrative s'interrompt souvent pour laisser place à de longs passages documentaires sur les cétacés, la navigation, la vie des marins, la géographie ou les détails techniques de la chasse. Cette volonté encyclopédique permet d'instruire le lecteur et de l'installer dans un temps long.

L'univers romanesque se construit au-delà des sources d'inspiration de l'auteur. Le *Pequod* devient un espace clos où se joue une tragédie. Moby Dick, loin de ses modèles, incarne le Mal qu'affronte le capitaine Achab, héros aveuglé par son désir de vengeance et sa folie destructrice.

Un voyage initiatique

La première étape du voyage d'Ismaël est marquée par sa rencontre avec Quiqueg, le Polynésien. L'amitié des deux hommes est scellée le soir où le marin solitaire est obligé de partager son lit avec ce cannibale au corps entièrement tatoué. Ensemble, ils fument la pipe, se promettant ainsi de mourir l'un pour l'autre.

Dès le début, la découverte de l'altérité détourne Ismaël d'un monde connu et de ses préjugés. À bord du *Pequod*, le voilà confronté au quotidien de matelots venus des quatre coins du monde. Le héros, de même, affronte tous les dangers de la navigation. L'attente, la traque des cachalots, les tempêtes, la mort ponctuent cette vie en lieu clos au milieu de nulle part. Ismaël découvre peu à peu la nature humaine à travers toutes ces expériences. Alors que, dans le roman d'aventures traditionnel, le héros rêve d'accomplir un exploit, la poursuite de Moby Dick, au fil des pages, finit par prendre une tout autre signification… Ismaël, seul survivant de ce périple, transfiguré par cette terrible épreuve, nous transmet ce qu'il a retenu de ce long voyage : l'impuissance ou la fragilité de l'homme face à son destin.

Une réflexion philosophique

Longtemps enfermé dans sa cabine, le célèbre capitaine Achab n'apparaît que tardivement dans le roman comme pour mieux nous impressionner. Le « pas d'ivoire » de cet homme couvert de cicatrices martèle le pont du navire, comme pour amplifier la rancœur de celui qui a eu la jambe arrachée par Moby Dick lors d'une précédente campagne.

Blessé dans sa chair, ce personnage énigmatique cache à son équipage le réel motif de son voyage : assouvir un désir de vengeance personnelle devenue une obsession. Sa souffrance et sa folie destructrice le détournent de sa mission de baleinier et lui font oublier tous ses devoirs. Vénéré par ses hommes qui le craignent davantage que Dieu lui-même, n'est-il pas l'incarnation de l'abus de pouvoir ? La vie de son équipage ne compte plus. Sa folie va tous les entraîner vers la mort. Nul ne peut outrepasser les lois de la nature ! Moby Dick, le monstre blanc, vient le rappeler à Achab, cet être humain plein d'orgueil, en l'emportant au fond des mers après avoir fait sombrer le *Pequod*.

Table

VINGT MILLE LIEUES SOUS LES MERS

Jules Verne

n° 1794

Quelle est cette mystérieuse créature qui sème la terreur sur toutes les mers du globe ? Pour la traquer, le professeur Aronnax embarque sur une frégate de guerre, accompagné de Conseil, son fidèle domestique. Mais leur navire est coulé à son tour par le monstre... C'est le début d'une incroyable odyssée qui conduira les deux aventuriers jusqu'au fond des abysses.
Un grand roman de Jules Verne en version abrégée.

L'ÎLE MYSTÉRIEUSE

Jules Verne

n° 1833

Durant la guerre de Sécession, cinq prisonniers parviennent à s'évader en ballon dirigeable. Jetés par un ouragan sur une île déserte au beau milieu du Pacifique, ils doivent apprendre à survivre. Mais, très vite, des événements inexplicables se produisent, semant le trouble chez les naufragés. Sont-ils vraiment seuls sur l'île ?
En version abrégée, un grand roman d'aventures qui est aussi un hymne au courage et aux pouvoirs de la science.

DEUX ANS DE VACANCES

Jules Verne

n° 1918

Mars 1862. Une goélette fait naufrage sur une île déserte du Pacifique. À bord, quatorze garçons, pensionnaires d'un collège de Nouvelle-Zélande, et un petit mousse, Moko. Ingénieux et pleins de courage, les jeunes Robinsons s'organisent pour survivre. Mais une terrible menace surgit bientôt de l'océan…

En version abrégée, un captivant roman d'aventures dans la lignée de *L'Île mystérieuse*.

VOYAGE À LILLIPUT
PREMIER VOYAGE DE GULLIVER

Jonathan Swift

n° 568

Le 4 mai 1699, Lemuel Gulliver embarque à bord de *L'Antilope* comme chirurgien. En pleine mer, le navire fait naufrage. Seul rescapé, Gulliver échoue sur l'île de Lilliput, un étrange royaume dont les habitants mesurent à peine une quinzaine de centimètres. Devenu un géant malgré lui, Gulliver terrifie les Lilliputiens qui tentent de le retenir prisonnier.
Mêlant aventure et humour, une satire mordante du monde des puissants qui se lit comme un conte.

CONTES DES MILLE ET UNE NUITS

SINDBÂD DE LA MER

n° 516

« Sache que j'ai derrière moi une histoire merveilleuse : j'ai fait sept voyages aussi extraordinaires et stupéfiants les uns que les autres… »

Sindbâd, riche commerçant de Bagdad, a tout pour être heureux. Quelle folie le pousse à tout quitter pour prendre la mer ? Île-baleine, oiseau géant, cannibales : d'innombrables dangers l'attendent sur la route de l'aventure…

Une nouvelle édition pour rendre clair et accessible les grands textes du passé.

Le papier de cet ouvrage est composé de fibres naturelles, renouvelables, recyclables et fabriquées à partir de bois provenant de forêts gérées durablement.

Mise en pages : Maryline Gatepaille

Loi n° 49-956 du 16 juillet 1949
sur les publications destinées à la jeunesse
ISBN : 978-2-07-515219-8
Numéro d'édition : 623286
Dépôt légal : octobre 2023
1er dépôt légal dans la collection : juillet 2022

Imprimé en Espagne par Novoprint (Barcelone)